Mörderisches
Schwarz-Rot-Gold

Zum Buch

1832. Während in Frankreich die Cholera grassiert, bereitet sich im damaligen bayerischen Rheinkreis die unterdrückte liberale Presse auf die größte Demonstration vor, die man auf deutschem Boden jemals gesehen hat. Doch bevor auf der Hambacher Schlossruine die schwarz-rot-goldene Fahne der oppositionellen Bewegung gehisst wird, geschehen im nahen Homburg mehrere Morde, die in engem Zusammenhang mit dem Aufbegehren dieser Regierungsgegner gebracht werden. Manches deutet auf die Taten der undurchsichtigen und scheinbar lebenslustigen Fanny aus dem Hause eines der führenden kritischen Journalisten hin. Oder haben die Österreicher ihre Finger im Spiel, die sich gegen ein vereinigtes Deutschland und ein freiheitliches Europa wenden?
Der Franzose George de La Tour und sein Schwiegersohn Ludwig sowie ein verliebter Journalist aus dem Königreich Hannover versuchen Licht in das Dunkel aus Neid, Demütigung und verhängnisvollen Verstrickungen zu bringen. Derweil geraten sie selbst ins Fadenkreuz der Willkür eines regierungstreuen Landkommissärs.

Der Autor

Hans-Georg van Ballegooy, Jahrgang 1957, ausgebildeter Gymnasiallehrer, ist als Therapeut in einer Neurologischen Klinik pädagogisch tätig. Der Hobby-Autor ist verheiratet, hat zwei erwachsene Kinder und lebt in der Nähe der Stadt Hameln im Weserbergland.

Bisherige Veröffentlichungen:
(2016) Die Macht des Mohns. Historischer Roman
ISBN-13: 978-3842357976 (print)
EAN: 9783738067736 (eBook / ePUB)

Hans-Georg van Ballegooy

Mörderisches Schwarz-Rot-Gold

Historischer Roman

Bibliografische Information
der Deutschen Nationalbibliothek:
Die Deutsche Nationalbibliothek
verzeichnet diese Publikation
in der Deutschen Nationalbibliografie;
detaillierte bibliografische Daten sind im Internet
über http://dnb.dnb.de abrufbar.

Herstellung und Verlag:
BoD – Books on Demand, Norderstedt

ISBN 978-3-7460-3655-7

Die Presse muss frei sein,
denn sie ist die Stimme aller.
Ihr Schweigen ist der Tod der Freiheit.

Jede Tyrannei,
welche eine Idee morden will,
beginnt damit,
dass sie die Presse knebelt.

Nach Ph. J. Siebenpfeiffer, Ende 1831

in Anlehnung an ein Zitat des französischen
Dichters Alphonse de Lamartine

Vorbemerkung

Der Vorwurf der *Lügenpresse*, der Medienmiss-
brauch zum Zwecke manipulativer Meinungsbil-
dung, die zerstörerische Kraft der Propaganda
und das Beschneiden der Pressefreiheit zur
Machtsicherung und Systemstabilisierung der
Herrschenden – all dies ist in vielen Ländern so
aktuell wie eh und je.

Das hat es auch um das Jahr 1832 gegeben –
zu einer Zeit, als man sich nach der Napoleo-

nischen Ära und dem anschließenden Zeitalter der Restauration nach Frieden und Liberalität sehnte und man in der Folge der *Julirevolution* 1830 endlich wieder den Wind der Freiheit zu spüren glaubte. In dieser Zeit fanden sich Menschen zusammen, die es wagten, mit journalistischen Mitteln Missstände anzuprangern.

Liberale Bürger gründeten 1832 den *Deutschen Vaterlandsverein zur Unterstützung der freien Presse.* Er wird heute als erster Vorläufer politischer Parteien gewürdigt, seine Mitglieder in die Ahnengalerie bedeutsamer deutscher Demokraten gestellt.

Zu ihnen zählten, neben vielen anderen auch, Philipp Jakob Siebenpfeiffer und Johann Georg August Wirth, die als Initiatoren und Hauptredner mit rund 30000 Menschen unter dem Zeichen der schwarz-rot-goldenen Flagge, den Farben der alten und verbotenen Burschenschaften, bei der Hambacher Schlossruine im Südwesten des damaligen *Deutschen Bundes* zu einer Protestaktion aufbrachen, um für Freiheit und Demokratie zu demonstrieren.

Sie sind – neben den fiktiven Protagonisten – die historischen Persönlichkeiten, die im vorliegenden Roman eine Hauptrolle spielen.

––––––––––––––

Besonderer Hinweis: Ein Überblick zum historischen Kontext findet sich im Buchanhang.

Prolog

März 1832. – Mit seinen alten Knochen schlug er wiederholt nach der Schmeißfliege, die ihm den letzten Nerv zu rauben drohte. Selbst in diesem zeitigen Frühjahr trieb sie ihr Unwesen. Seitdem er im vergangenen Jahr von seiner Reise aus London zurückgekehrt war, hasste er diese dunklen Brummer mit ihrem blaugrünen Schimmer mehr denn je. So oft hatte er diese ekeligen Subjekte an den Wunden Erkrankter und Verletzter gesehen, wie sie sich auf Sterbende stürzten und selbst dem Tod noch etwas abgewannen. Wesen, die sich als Lebende vom Toten ernährten. Doch noch nie hatten sie ihn persönlich belästigt. Gierig schien dieses Tier sich jetzt an seinen Körpersäften laben zu wollen. Aber warum nur? Er lebte doch. Noch. Und warum ausgerechnet jetzt? Er würde sie zerquetschen, wenn er sie zu fassen bekäme. Er versuchte sie abzuschütteln. Zu verscheuchen. Doch einmal mehr konnte sie sich seiner Abwehrversuche entziehen, schlug er ins Leere. Bei jeder dieser Bewegungen schmerzten die von Gicht geplagten Gelenke. Es fiel ihm nicht leicht, ein Stöhnen zu unterdrücken, den Schmerz zu ertragen. Restlos verbergen konnte er ihn nicht. Zumindest nicht gegenüber Leni, seine treue Seele, die es auf sich genommen hatte, ihn bei dieser Kutschfahrt nach Hameln zu begleiten. Glücklicherweise waren die Wege frei. Frei von Eis und Schnee und wenigstens einigermaßen zu befahren.

»Das Heilmittel Ihres Apothekerfreundes wird die Schmerzen auch diesmal gewiss wieder lindern, Herr Professor«, redete sie beruhigend auf ihr Gegenüber ein.

Er nickte. Mürrisch drehte er sein Gesicht beiseite und blickte aus dem Fenster, als die alte Leni sich zu ihm hinüberbeugte und mit einem spitzenbesetzten Taschentuch den Schweiß von seiner Stirn zu tupfen beabsichtigte.

Jetzt war er nahezu achtzig Jahre alt und musste sich wie ein Kleinkind umsorgt fühlen. Dabei meinte sie es doch nur gut mit ihm. Wie stets. Wie immer während der vergangenen drei Jahrzehnte, in denen sie in seinen Diensten stand. In denen sie seinen Haushalt führte und ihm oft genug mit Rat und Tat zur Seite stand. Ihre Loyalität und Liebenswürdigkeit wusste er wohl zu würdigen. Wenn sie nur ... Wenn sie ihn nur endlich von diesem Mistvieh befreien würde.

Er schloss die Augen. Die Schmerzen seiner Glieder traten in den Hintergrund, während ihm wieder ein Brechreiz überkam. Wie so oft seit kurzem. Ursache des Übels war also keineswegs das Schaukeln der Equipage.

Erneut spürte er auch wieder den Drang, sich erleichtern zu müssen. Und wenn es wieder dieser lästige wässrige Durchfall wäre?

Nach einem Zuruf Lenis hielt der Kutscher das Gefährt an. Trotz seiner körperlichen Schwächung gelang es dem Professor, behände hinter dichtes Gebüsch zu verschwinden.

Nur kurz währte die Unterbrechung ihrer Reise. Arg blass und mit ernstem Gesichtsausdruck kehrte der Professor zurück und schloss den Kutschschlag. Besorgt schaute Leni auf seine eingefallenen Wangen. Das Gesicht wirkte abgemagert. Blutleer.

»Ach, Leni«, seufzte er. »Es fühlt sich an, als wäre alle Flüssigkeit meinem Leib entwichen. Wenn es nur nicht diese neue Krankheit ist, von der man in diesen Wochen immer häufiger hört. Es darf nicht sein, hören Sie, nicht jetzt!« Seine spitze Nase wippte. »Was soll denn dann aus Wirth und Siebenpfeiffer werden? Und all die anderen: Schüler, Savoye und Pistor. Und wie sie alle heißen ...«

»Herr Professor, Sertürner wird uns helfen, da bin ich mir sicher.«

»Aber darf ich es von ihm erwarten? Von einem Vater mit zwei kleinen Kindern? Wie alt ist seine Tochter jetzt?«

»Ida? Ida wird bald vier. Und sein Ältester ist doch schon zehn. Und wenn der Herr Apotheker nicht selbst ... dann sind gewiss seine Freunde bereit ...«

»Leni, Leni, wenn ich Sie nicht hätte. An Ihnen kann man sich aufrichten in der Not.«

Leni wechselte ihren Sitzplatz. Nun ließ sie sich auf dem Polster der Kutschbank neben dem Professor nieder. Mit ihrer behandschuhten Hand tätschelte sie beruhigend auf den Unterarm des Professors. Nur durch behutsames aber unermüdliches Zureden war es ihr gelungen, ihn zu dieser Reise nach Hameln zu bewegen. Sie wusste, es war die letzte Hoffnung, die ihm blieb.

Er lächelte. »Unsere Zwangspause hatte auch etwas Gutes: Endlich sind wir dieses lästige Ungeziefer los.« Dabei schaute er auf Lenis Tasche, die sie fest in ihrem Griff hielt.

Sie folgte seinem Blick. Aus der Tasche lugte der Teil eines Briefumschlags hervor. Sie verstand. Sie wusste, dass sie diesen Brief an Sertürner auszuhändigen hatte, wenn etwas Unvorhergesehenes geschehen sollte. Den Umschlag zierte ein Siegel. *Georg zu den drei Säulen.* Es war das Siegel der Einbecker Freimaurerloge.

Erster Teil

Eins

Sehr verehrte Frau Doktor,
werteste Demokratin,
teuerste Freundin!

Während Sie diesen Brief in Händen halten, werde ich vermutlich Kassel längst verlassen haben und auf dem Weg zu einem Gleichgesinnten sein. Von meinem brüderlichen Freund, seines Zeichens Apotheker, erhoffe ich mir persönlichen Beistand, denn meine Gesundheit schwindet von Tag zu Tag. Und angesichts meines fortgeschrittenen Alters zeichnet sich die Zukunft eher düster ab. Aber meine Reise dient nicht nur meiner eigenen Befindlichkeit. Vielmehr verspreche ich mir von dem Besuch in Hameln Unterstützung für unser gemeinsames Anliegen.
Ich stimme Ihnen in Ihrer Einschätzung unbedingt zu, dass bei dem Vorhaben Ihres Herrn Gemahls und den Absichten meines ehemaligen Schülers Siebenpfeiffer zukünftig äußerste Vorsicht angeraten ist. Möglicherweise wird eine erneute Haft weniger glimpflich überstanden. Nicht auszudenken, wenn der Beschuldigung des Hochverrats entsprochen worden wäre! Wie Sie wissen, beobachte auch ich schon seit einiger Zeit mit Sorge die Ent-

wicklungen. Nicht, dass mir die Gesinnung und das Handeln unserer Helden – ja, so möchte ich sie nennen – unsympathisch wäre. Im Gegenteil: Der unerbittliche Einsatz für die Freiheit, das Streben nach einem deutschen Nationalstaat, vor allem aber das kompromisslose Engagement für ein vereintes demokratisches Europa verdienen allerhöchsten Respekt. Allein: Die Form des öffentlichen Auftritts macht mir Angst. Mag das Verbreiten des Gedankengutes zur Wiedergeburt des Vaterlandes mithilfe der DEUTSCHEN TRIBÜNE und des WESTBOTEN noch in Ordnung sein – oder sollte das Erscheinen dieser Tageszeitungen inzwischen erneut verboten worden sein? –, so sehe ich die persönliche Teilnahme an manchen dubiosen Treffen mit gemischten Gefühlen. Gewiss wäre es beruhigend zu wissen, dass es im nahen Umfeld unserer Akteure Unterstützung durch vertrauenswürdige Kräfte gäbe. Ich hoffe – nein, ich bin zuversichtlich –, dass es mir gelingt, in Hameln jemanden zu finden, der sich mit Umsicht aber auch mit Entschlossenheit dem Schutz unserer Patrioten annimmt.

An Ihnen, verehrte Freundin aus alten Tagen ist es hingegen, auf unsere Schutzbedürftigen einzuwirken, dass sie die Unterstützung auch annehmen mögen. Denn mit der bisher gezeigten Sturheit ist niemandem geholfen –

weder dem Wohlergehen des Einzelnen, weder Ihrer Familie, Ihnen und Ihren drei Kindern, noch der Zukunft Deutschlands und Europas. Womöglich gelingt es Ihnen, mithilfe Ihrer lebenslustigen Cousine Fanny Einfluss auf unsere streitbaren Genossen zu nehmen. Vielleicht beeindruckt ihr hitziges pfälzisches Temperament mehr als unser nur zaudernd erhobener mahnender Zeigefinger.

Die Menschen in den Staaten dieses Kontinents haben durch die immerwährenden Kriege viel zu oft gelitten. Möge die freie Presse die Schutzwehr der Völker gegen die Tyrannei der Machthaber sein! Möge aber ebenso ein neuerliches Blutvergießen verhindert werden können!

Das wünscht Ihr sehr zugetaner
Prof. Dr. Jacob Brandes

Homburg, Bayerischer Rheinkreis,
18. April 1832.

Regina Wirth drückte den zusammengelegten Briefbogen an ihre Brust, während sie aus dem Fenster schaute und einige Momente grübelnd zum Pferdestall spähte.

Aus ihren Gedanken wurde sie gerissen, als sie am Stalltor eine Bewegung wahrnahm: *Sicher der rücksichtslose Stallmeister*, ging es ihr durch den Kopf. Derweil erklang aus der Nachbarschaft das gleichmäßige Hämmern einer Schmiede. Der Himmel hatte sich verdüstert, und die dunklen Wolken ließen Schatten über den Platz zwischen den Gebäuden ziehen. – Als wenig später die Wolkendecke aufriss, kniff Regina unwillkürlich die Augen zusammen. Der freigegebene Sonnenstrahl blendete sie. Sie trat einen kleinen Schritt vom Fenster zurück. Blinzelnd ließ sie dennoch ihren Blick noch einmal über den Hof schweifen.

Im Gegenlicht zeigte sich die Silhouette einer Gestalt. Bei genauerem Hinsehen erahnte sie die Umrisse Conrads vor der dunklen Wand einer Scheune. Aufmerksam sah er sich um und schien sie zu bemerken. Zögernd hob er eine Hand zum Gruß, während er mit der anderen ein Paket umklammert hielt. *Möglicherweise ein Packen frisch gedruckter Flugschriften, den er nun zur Lagerhalle trägt*, spekulierte Regina. – Conrad. Der hagere Conrad. Fannys Ehemann. Keine Schönheit mit seinem vernarbten Gesicht und der häufig blutenden Lippenscharte, meist in melancholischer Stimmung, jedoch mit guten Manieren. Liebenswürdig und freundlich, zumindest nach außen hin. Aber Regina wusste, dass er auch sehr eifersüchtig und gegenüber Fanny immer mal wieder laut und ungehalten werden konnte, wenn er sich unbeobachtet wähnte. Kein

Wunder, gab Fanny ihm doch auch allen Grund dazu. Oder etwa nicht?

Erst am gestrigen Abend hatte Regina ihre Cousine davonschleichen sehen. Alleine. Und das nicht zum ersten Mal. Ja, ja, die Fanny und ihre Eskapaden. Reginas Stirn bewölkte sich. Sie hatte keine Ahnung, welche Flausen Fanny im Kopf hatte, wenn sie sich außer Haus begab. Und sie wagte auch nicht zu fragen. Ihre Cousine nahm sich schon seit jeher immer mal wieder eine Auszeit, um eine kleine Weile ihr eigenes Leben zu führen. Dadurch haftete ihr etwas Nebulöses an. Rätselhaft. Vieldeutig. Unwägbar. Angreifbar. So fiel es nicht immer leicht, Fanny die persönlichsten und privatesten Angelegenheiten anzuvertrauen. Andererseits: Fanny hatte dieses Vertrauen noch nie missbraucht, seitdem sie nach dem Tod ihrer Mutter bei den Wirths ein Dach über den Kopf bekommen hatte. Noch auf dem Sterbebett hatte Regina ihrer Tante versprochen, sich um die Cousine zu kümmern. Und das hatte Regina bisher noch nicht bereut. Fanny versprühte meist Frohsinn in diesen bedrückenden Zeiten, hatte immer ein Lied oder einen Scherz auf den Lippen, konnte humorvoll sein, auch wenn sie mitunter zu einer drastischen Wortwahl neigte. Glücklicherweise hatte sich auch die angebliche Verschwendungssucht Fannys nicht bestätigt, die die Tante ihrer

Tochter angedichtet hatte. Stets zuverlässig betreute sie Reginas Kinder und erledigte die übertragenen Arbeiten immer gewissenhaft. Dies hatte sich auch nicht geändert, als Fanny und Conrad geheiratet hatten.

Conrad. Der sich jetzt redlich mühte, mit dem Provisorium von Handpresse die Flugschriften zu drucken, nachdem die Schnelldruckpresse zum wiederholten Male von den Behörden versiegelt worden war. Conrad. Der einen Freund hatte, und der wiederum einen Freund hatte. Beim Zweibrücker Appellationsgericht. Dem es gelungen war, für Reginas Mann einen Freispruch und eine Haftbefreiung zu erwirken. Ja, sie musste Conrad dankbar sein. Und auch Fanny. Die nun auf Johann Georg August einwirken sollte. Auf Reginas Ehemann. Und auf den Siebenpfeiffer. So hatte der Doktorvater in seinem Brief empfohlen. Noch einmal entfaltete sie den Brief und las die letzten Zeilen. Dann wandte sie sich um und legte den Brief mit einem tiefen Seufzer auf einen Tisch.

Sie nahm auf einem Hocker Platz, griff zu Nadel und Faden und setzte ihre unterbrochene Näharbeit fort. Schwarze, rote und gelb-goldene Stoffteile legte sie zusammen und fertigte eine Kokarde daraus. Hunderte dieser Schmuckstücke füllten bereits eine ganze Reihe von Körben, die – ordentlich gestapelt – einen beachtlichen Platz in der Stube einnahmen. Dergleichen lagerten da Schärpen, Schleifen und Bänder in ebensolchen Farben sowie breite Stoffbahnen, die als Fahnen auf ihre Verwendung warteten.

Regina betrachtete die fertiggestellte drei-farbige Kokarde. Mit ihrem Rot, dem Zeichen der Liebe. Mit dem Gold als Symbol für die Treue. »Wir sollten das Glück der wahren Freiheit nicht von uns stoßen, sondern uns in gemeinsamer Anstrengung und in aufrichtiger Verbundenheit für sie einsetzen«, pflegte ihr Mann zu predigen. *Und das Schwarz? Stand die Schwärze für den Tod?*, fragte sie sich. »Eher sollten wir den Tod erleiden als die Schmach der Knechtschaft«, hatte ein Teilnehmer des im Januar gegründeten und nun schon wieder verbotenen Press- und Vaterlandsvereins zur Abwehr von staatlichen Eingriffen in die Pressefreiheit gesagt. Denn man könnte die Farben auch anders deuten: »Pulver ist schwarz, Blut ist rot, und golden flackert die Flamme«, hatte der Gesinnungsgenosse hinzu-gefügt.

Während Regina so sinnierte, erinnerte sie sich gleichwohl: *Neuerliches Blutvergießen sollten wir verhindern*, hatte der Professor ge-schrieben. Regina fühlte sich in ihrem Inneren zerrissen. Sie teilte die Ideale ihres Mannes und wollte doch gleichzeitig lediglich ein kleines bisschen Glück. Vor allem Glück für ihre Familie.

Zwei

Das Glück suchten auch die vier Männer, die soeben von der Wirtin im Gasthaus am Markt zum
wiederholten Male ihre Getränke entgegengenommen hatten.

Es war Abend geworden. Es war kalt und ungemütlich in der Schankstube. Aber dennoch
standen dem kräftigen und schwergewichtigen
Kartenspieler die Schweißperlen auf der Stirn.
Auch über die Wangen seines feisten Gesichts
rannen die Schweißtropfen hinunter. Selbst der
Hemdkragen, über den sich der Nacken wie von
einem Stier wölbte, war bereits feucht geworden. Er spürte, dass die Innenflächen seiner flei-
schigen Hände nass geworden waren und das
Blut in seinen Schläfen pochte. Er war ein großes
Risiko eingegangen, nachdem er von einer
Glückssträhne profitiert hatte. Vor der letzten
Spielrunde hatte er den kompletten Gewinn und
zusätzlich den Verdienst des letzten Monats gesetzt. Als er die Karten zögernd aufdeckte, zitter-
ten seine Hände. Angst? Die Augenlider zuckten
nervös. Doch dann wechselte sich sein Gesichtsausdruck und Lachfalten wurden sichtbar. Die
Mundpartie verzog sich zu einem breiten Grinsen. Grob schlug er seinem Nachbarn eine seiner
riesigen Pranken derart kraftvoll auf die Schulter,
dass dieser sich an der Pferdewurst verschluckte,

die er in seiner Enttäuschung über sein grotten-
schlechtes Kartenblatt kurz zuvor irgendwo unter
dem Tisch hervorgezaubert hatte. Während der
Unterlegene im Gesicht puterrot wurde und seinen Hustenanfall zu bewältigen suchte, zog der
Gewinner schwungvoll den Batzen Geld zu sich
herüber. Augenblicklich war seine Stimmung
prächtig.

»Na, jetzt wird die Fanny wohl nicht mehr
nein sagen, oder?«, provozierte einer der Verlie-
rer verdrießlich. »Auch wenn du nur der Schmied
bist. Und der Schmied bleibst.«

»Ach wo, die Fanny.« Der Gewinner kicherte.
»Die ist doch in festen Händen. Und ihr Ehemann
wird seinen Besitz mit all seinen Klauen vertei-
digen.«

Nun schaltete sich der dritte der vier Spieler
in das Gespräch ein: »Aber geh. Der und Klauen.
Hat vielleicht nicht so schäbige abgekaute
Fingernägel wie du, Schmied. Aber: Der Conrad
hat doch die Seuch'. Der ist doch kein Gegner für
dich. Der hat sich's bald ausgeröchelt. Und dann
wird die Fanny in Liebe neu entbrennen. Die Mä-
dels wollen doch 'nen starken Beschützer. Und
wennst auch noch das Geld hast, sie zu verwöh-
nen ... Glaubs mir: Ruck Zuck wird sie wieder ihr
Herz verlieren, und mit deinem neuen Reichtum
wird sie verrückt sein nach dir. Dann kannst' bald
Hochzeit feiern. – Aber vorher: Vorher gibst's uns

noch eine Revanche, Schmied! – Fräulein, bringts den Herren noch ein Glaserl Bier und mir noch ein Stamperl Schnaps dazu, bittschön!«

»Wenn du meinst, Otto. – Was ist, Advokatus? Spielen wir noch eine Partie?«, richtete der Schmied seine Frage an den vierten Spieler, der sich in seinem Äußeren und in seinem Benehmen von den Kompagnons deutlich abhob. Mit Bedacht ergriff der Angesprochene eine Karaffe, goss Wein in ein Glas, zwirbelte an seinem Bärtchen, zündete sich eine Zigarre an und paffte kunstvoll geformte Rauchkringel in die Luft.

»Selbstverständlich. Muss doch schließlich dafür sorgen, dass unser österreichischer Freund nicht ruiniert von dannen ziehen muss. Dann wird's nämlich nichts mit ihm und seiner Regina, von der er pausenlos schwärmt. – Warum pfeifst du eigentlich ständig dieses Lied, Otto?«

»Kennst das Lied wohl nicht, was?«, erwiderte Otto Grimm. »In Wien kennt das Lied jedes Kind.« Der Österreicher ließ sich nicht beirren und pfiff immer weiter. Als die Spielkarten neu verteilt wurden, begann er zu singen: »Oh, du lieber Augustin, alles ist hin!«

»Aha.« Irritiert hob der Nachbar des Schmieds eine Augenbraue und fragte nach: »Augustin?«

»Na, Wulf, heute bist du aber mal wieder etwas sehr begriffsstutzig, wie?«, knurrte der Schmied. »August. Natürlich August. Johann Georg August Wirth. Der Publizist aus dem Zöller'schen Haus. Reginas Ehemann. Der alle Welt narrisch macht mit seinem Geschwätz von Demokratie und Pressefreiheit und jegliche Zensur ignoriert.«

»Narrisch. Hast ganz Recht, Schmied. Bei uns hätt' man ihn längst in den Gugelhupf abgeschoben.«

»Gugelhupf?« Wulf verstand wieder mal nicht.

»Mensch Wulf«, polterte der Schmied, »solltest mal deine Pferde fragen, die werden's wissen. Die haben auch einen größeren Kopf«, feixte er.

Der Getadelte biss erneut in seine Wurst. Derweil wurde er von dem Österreicher kritisch beäugt, der sich im Geiste vor dem Verzehr eines Wiener Schnitzels sah. »Na, Gugelhupf eben«, erklärte er. »So heißt unser Narrenturm. Speziell errichtet für Idioten. Könnt man aber auch ebenso gut die politisch Kriminellen unterbringen, wenn du mich fragst.«

»So isses«, kommentierte der Advokatus. »Dieses ganze Lumpenpack gehört schon seit langem hinter Schloss und Riegel. Den Siebenpfeiffer könnte man gleich ebenso einlochen.«

Kopfnickende Zustimmung von allen Seiten, wenn auch teilweise nur verhalten. Das Thema war beinahe abgehandelt. Nur der Österreicher begehrte noch einmal auf: »Da schau her. Der Siebenpfeiffer auch? War der nicht ebenso Jurist und Verwaltungsbeamter wie du, Advokatus? Und hat der nicht gleichfalls wie du im liberalen Freiburg studiert? Bist wohl nicht so angetan von dem freieren Geist, der in dieser Gegend noch existieren darf? Oder bist im Grunde gar kein Badener, sondern wie der Schmied und der Wulf in Wahrheit ein Bazi?«

Ob dieser kleinen Bosheit erntete Otto Grimm von seinem Gegenüber, der bei der spitzen Bemerkung kurz zusammengezuckt war, einen strafenden Blick.

»Die Forderungen nach politischer Liberalisierung und Demokratisierung hat dieser Radikalinski wohl vor allem aus Göttingen mitgebracht«, schnaufte der Advokat empört. »Aber das muss man ihm lassen. Wenigstens ist er keiner von diesen Salonrevoluzzern, die nur daherreden, wenn es einem bestimmten Zeitgeist entspricht, aber mit der Umsetzung nichts zu tun haben wollen.«

Der Advokat begann sich in Rage zu reden. Da zeigte sich Otto Grimm belustigt:

»Oh, jetzt ziehst ein Schnoferl? – Komm, sei friedlich. Und mach dir nix aus meinem Gewäsch! Bin halt schon ein bisserl beduselt.«

Nach dieser Besänftigung konzentrierte man sich wieder auf das Kartenspiel, und der Schmied verteilte mit seinen dicken Fingern die Karten erneut. In der Folge gewann der Advokat. Und am Ende des Abends hatten drei der vier Spieler neben ihrer Spielleidenschaft zudem beträchtliche Geldsorgen.

Drei

Zu diesem Zeitpunkt verabschiedete sich Philipp Jakob Siebenpfeiffer von seinem Freund Wirth. Siebenpfeiffer hatte eine rheinbayerische Zeitung vom selben Tag mitgebracht, in der eine Einladung der Öffentlichkeit zu einer Feier am Ende des Wonnemonats Mai abgedruckt war. Als Ausflugsort und Örtlichkeit für das Fest war die Hambacher Schlossruine benannt.

Die beiden Männer hatten sich auf ein zwei Tage späteres Treffen in Neustadt vorbereitet, wo man mit einem Kreis wohlhabender Geschäftsleute und Gutsbesitzer diskutieren wollte. Auch von diesen Bürgern erhoffte man sich die Teilnahme an dem Hambacher Volksfest, bei dem man sich der Frage nach der Gestaltung eines demokratischen Nationalstaates und den Gedanken über die Mittel zur Durchsetzung dieses Zieles widmen wollte.

Im Lichtschein einer Straßenlaterne war zu beobachten, dass sich Siebenpfeiffer an der Haustür stehend durch sein gewelltes Haar strich. Er hatte anstrengende Stunden hinter sich gebracht. Denn zusammen mit dem Herrn des Hauses hatte er nicht nur leidenschaftlich diskutiert, sondern sich von der Verwandten Fanny auch ordentlich die Leviten lesen lassen müssen. Sie sollten sich vorsehen, hatte das Frauenzimmer insistiert. Immer erregter war sie geworden. Echauffiert hatte sie sich. *Die Wirths hätten ihre Verwandte durchaus mal zurechtweisen sollen*, war Siebenpfeiffers Meinung. Doch sein Freund Johann Georg August war davon unbeeindruckt geblieben. Und der Regina schien die Cousine aus dem Herzen zu sprechen. *Wie war es nur möglich, dass sich jemand in so ein Weib verlieben konnte*, war ihm schon häufiger durch den Kopf gegangen. Nun ja, sie sah recht gefällig aus, die Fanny. Und irgendwie konnte man ihr auch nicht böse sein. Warum auch? Sie meinte es schließlich nur gut mit einem. Und dennoch: Sie war anstrengend. Irgendwann hatte sie ihm das Schreiben von seinem ehemaligen Doktorvater offeriert. Einen Aufpasser wollte man ihm aufzwingen. Doch davon hielt er ganz und gar nichts. Er würde schon nichts Unrechtmäßiges tun, hatte er argumentiert. Schließlich sei ein Volksfest keine Rebellion. Und vom Tragen von Waffen würde man in jedem Fall abraten.

Nun gut. Wirth war vor wenigen Tagen erst aus der Haft entlassen worden. Aber das war doch schließlich ein gutes Zeichen. Ein Zeichen, dass man ihm und seinen Freunden gegenüber nichts anhaben konnte.

Ein letzter Gruß. Zu Fuß begab sich Siebenpfeiffer hernach zu seiner Pension in der Nähe der Kirchenstraße am Fuße des Schlossbergs. Er passierte zuerst den Marktplatz und wenig später das Landkommissariat [1] , wo er bis vor zwei Jahren noch als königlich-bayerischer Landrat amtiert hatte.

Kurz dachte er an diese Zeit zurück. Mit etwas Wehmut erinnerte er sich seines großen Gartens mit den unzähligen Obstbäumen und seines sogar preisgekrönten Weinbergs ... Er hatte sich immer als loyalen Beamten empfunden, hatte aber dann doch mit journalistischen Mitteln einige Missstände beim Namen zu nennen versucht ... Und war von seiner beruflichen Tätigkeit freigestellt worden. Suspendiert hatte man ihn. Zum Zuchthausdirektor hatte man ihn abschieben wollen. »Nicht mit mir!«, redete er halblaut vor sich hin, wobei er sich in seiner damaligen Entscheidung bestätigt fühlte. Er war umgezogen. Nach Zweibrücken. Kurze Zeit später nach Oggersheim. Und morgen ... Morgen würde er also mit Wirth durch den Pfälzer Wald nach Neustadt reisen. In unmittelbarer Nähe lag Haardt, wo er sich vor wenigen Wochen erst mit seiner Familie niedergelassen hatte. Und wo er endlich bleiben wollte. Oh, er hatte das Nomadenleben so satt.

---

[1] Amtssitz des Landkommissärs, eines der Regierung des Rheinkreises unterstellten Landrats, der 79 Gemeinden (ca 40000 Einwohner) verwaltete.

Etwas verstohlen lugte er noch einmal zu seiner alten Wirkungsstätte, in der nun sein königstreuer Nachfolger seinen Dienst versah.

»Landkommissär Haag«, murmelte er abfällig. Blitzlichtartig wirbelte ein Dutzend Gedanken durch Siebenpfeiffers Kopf. Empfindungen und Erinnerungen an alte gemeinsame Zeiten. Sympathie. Mitleid. Argwohn. Groll. Als sich in seinem Gesichtsausdruck Abscheu widerspiegelte, ließ er seinen Blick bereits über das Dach des Amtshauses hinweg schweifen. Drohend erhob sich dahinter das Dunkel des Schlossbergs, auf dem sich die Ruinen der ehemaligen Festungsanlagen erhoben. − Er bemerkte nicht, dass er von einem Individuum verfolgt wurde.

Vier

»Halt! – Passkontrolle!«, rief der Grenzsoldat, der seine Autorität mit barschem Befehlston unterstrich.

Der Kutscher zügelte die Pferde, sodass das Gefährt unmittelbar vor dem Schlagbaum zum Stehen kam. Endlich würde man nun auch ihn und seine Reisegesellschaft abfertigen. Ewigkeiten hatte er warten müssen, bis er an der Reihe war. Er stieg ab, händigte seine Dokumente aus und öffnete für den Grenzer den Kutschschlag. Ein zackiger militärischer Gruß. Dann hielt der Beamte dem nächstsitzenden Reisenden wortlos seine Hand hin. Er nahm die Papiere in Empfang, die er kritisch inspizierte.

»De La Tour? Franzose?« Es war weniger eine Frage als mehr eine Feststellung mit einer deutlichen Spur von Herablassung. »Aus Frankreich schwappt die Cholera rüber. Und Er könnte zu denen gehören, die sie einschleppen. Für Ihn ist die Reise hier beendet.«

George de La Tour bemühte sich, höflich zu bleiben. Fast unmerklich wechselte er einen Blick mit den beiden anderen Mitreisenden.

»Ich komme nicht aus Frankreich«, erwiderte er. »Mit dieser Kutsche komme ich geradewegs aus dem Königreich Hannover.«

»Hannover. Soso. War auch mal französisch, nicht wahr?«

»War auch mal preußisch«, entgegnete de La Tour, dem es sichtlich Mühe bereitete, sein Missfallen über diese Behandlung nicht zu sehr zum Ausdruck zu bringen. Sein Einwand wurde von dem Grenzposten, in dessen Augen er nunmehr Verachtung las, ignoriert. Der ließ sich jetzt von dem zweiten Reisenden die Dokumente zeigen.

»Er ist also Buchbinder?«

»Verzeihung, Herr Inspizient, das muss ein Missverständnis sein«, antwortete der Angesprochene. »Ich bin Tiermediziner. Aber ich *heiße* Buchbinder. Ludwig Buchbinder. Aus Hameln.«

»Ist das etwa auch in ...« Der Kontrolleur räusperte sich und zog die Nase kraus, während er sich kurz de La Tour zuwandte. »Ist das auch im Hannoverschen?«, ergänzte er.

Buchbinder ließ die Provokation unbeachtet und antwortete:

»Man hat mich um Hilfe ersucht. In Zweibrücken. Im ...« Buchbinder kramte aus einer Manteltasche eine Notiz hervor und las: »Im *Königlich-Bayerischen Land- und Stammgestüt*. Da sollen angeblich einige wertvolle Araber–Hengste aus Damaskus ernsthaft erkrankt sein.«

»Oha.« Für einen Moment war der Grenzsoldat beeindruckt. Erklärend wandte er sich an einen Untergebenen: »Feurige und ausdauernde Pferde. – Da sind übrigens einige berittene Einheiten Cheveauxlegers stationiert.« Und an den Reisenden gerichtet vergewisserte er sich: »Und es zieht Ihn nicht nach Neustadt?«

»Was sollte ich in Neustadt?«

»Na, wenn Er das nicht weiß. Alle Welt zieht's doch in diesen Tagen nach Neustadt. Eine wahre Völkerwanderung ist im Gange. Selbst Tausende von Polen haben sich auf den Weg gemacht, um in Neustadt ihr Unwesen zu treiben und aufzubegehren gegen die herrschende Ordnung.«

»Das ist mir unbekannt«, gab Buchbinder vor. »Ich weiß nur, dass die Erkrankung der Tiere keine Reiseunterbrechung meinerseits duldet. Und daher wäre ich Ihnen sehr verbunden, wenn ...«

»Er kann weiterreisen«, unterbrach ihn der Grenzer. »Dort drüben kann Er den Wegezoll entrichten und sich eine andere Beförderungsmöglichkeit suchen. Und Er ...«

Der Grenzhüter hielt dem dritten Reisenden auffordernd eine Hand hin. »Wahrscheinlich will Er auch zufällig nach Zweibrücken?« Die Ironie des Fragenden war unverkennbar.

»Nicht ganz«, antwortete der Angesprochene. »Ich wurde nach Homburg entsandt.«

»Nach Homburg? Von wem wurde Er entsandt?«

»Altorf. Altorf, ist mein Name. Karl Wilhelm Altorf. Ich bin Mitarbeiter der HAMELNSCHEN ANZEIGEN. Ich ...«

»Er wird nicht nach Homburg reisen«, wurde Altorf schroff unterbrochen. »Nach Homburg reist in diesen Tagen nur, wer die Absicht hat, die königlich–bayerische Autorität zu untergraben und die Zensur zu ignorieren.«

»Bei den HAMELNSCHEN ANZEIGEN haben wir keine Probleme mit der Zensur. Wir veröffentlichen ausschließlich schöngeistige, gemeinnützige und wissenschaftliche Inhalte; völlig unpolitisch.«

Kommentarlos gab der Grenzer die Reisedokumente zurück und richtete sich abschließend an den Franzosen. »Er sollte besser umkehren. Hier kann Er nicht bleiben. Und nach Frankreich weiterzureisen würde ich Ihm nicht empfehlen. Schreckliche Zustände sind das da, sag ich nur. Die Cholera hat das Land fest im Griff!«

Ein letztes Mal versuchte de La Tour einen Einwand zu erheben. Doch die Aussagen des Grenzpostens duldeten keinen Widerspruch. Der Beamte drehte sich grußlos um und wandte sich einer weiteren Kutsche zu. Dort würde er die Abfertigung gleichermaßen abweisend vornehmen.

Fünf

Donnerstag, 19. April. – Es war gegen 11.00 Uhr am späten Vormittag, als ein Zweispänner am Haus Zöller beim Heim der Wirths vorfuhr. Der Kutscher wurde nebst seinem Gefährt inzwischen von den Reisenden erwartet.

Aber nicht nur Wirth und Siebenpfeiffer hatten der Dinge geharrt. Auch ein Heimlichtuer verweilte eine geraume Zeit in sicherer Entfernung bei den Schlossberghöhlen, um endlich seinen langgehegten Plan in die Tat umzusetzen. Von hier aus würde er unbemerkt entkommen können.

Er beobachtete, dass das Reisegepäck im Kutschkasten verstaut wurde. Dann verfolgte er, wie Regina Wirth, aber auch die Cousine Fanny und ihr Mann Conrad Stoffballen, Bündel und Pakete zur Kutsche trugen. Er sah, dass sich der evangelische Pfarrer, mit dem Siebenpfeiffer eng befreundet war, zur Verabschiedung einfand. Es war ein Hin und Her, ein Kommen und Gehen ... Bis die Herrschaften irgendwann reisefertig schienen.

Der unbekannte Observierer hielt seine Handfeuerwaffe bereits eine kleine Weile einsatzbereit. Die Munition war eingeführt; sein Opfer ins Visier genommen. Endlich. Auf diesen Augenblick hatte er lange gewartet. Zu lange schon. Auch heute. Die schwere Waffe schwankte. Er atmete einmal durch. Es geschah. Er bediente den Abzugsmechanismus. Der Schuss löste sich.

Einen Lidschlag später nahm der Attentäter wahr, dass sich Wirth und Siebenpfeiffer aufgeschreckt anstarrten. Derweil glitt Conrad ein noch nicht verladenes Paket aus den Händen. Als es auf den Boden aufschlug, verteilte sich sein Inhalt in der Umgebung. Eine Unzahl von Kokarden. Conrad taumelte und stürzte in das Meer dieser schwarz-rot-goldenen Objekte. Dort blieb er regungslos liegen.

Der Gewalttäter war einen Moment irritiert. Dann packte er hektisch seine Sachen zusammen, um zu fliehen. Als er sich umdrehte, blickte er in zwei bekannte Gesichter, die ihn mit großen Augen anstarrten. Entsetzen stand ihnen ins Gesicht geschrieben.

Sechs

Kreuznach, am 19. April. – Missmutig schob de La Tour sein Weinglas hin und her, kostete von dem Rebensaft der in den hiesigen Anbaugebieten der Nahe geernteten Früchte und verzog angewidert das Gesicht. Seinem Gegenüber, dem Journalisten Altorf, erging es ähnlich. Die beiden Männer befanden sich in einer Weinschänke in Kreuznach und warteten auf den Kutscher, um gemeinsam zu entscheiden, wie sie morgen weiter verfahren wollten. Gottlob hatten sie in einem Brückenhaus über der Nahe für die kommende Nacht ein Quartier gefunden.

De La Tour stützte seinen linken Ellenbogen auf den Tisch. In Gedanken versunken legte er sein Kinn in die Handfläche. Derweil trommelte er mit den Fingerkuppen seiner rechten Hand auf dem Tisch einen Marschrhythmus. Es war aber auch zu dumm ... Wie sich dieser Grenzkontrolleur aufgespielt hatte. In weiser Vorausschau hatten sie einen Umweg in Kauf genommen, waren fast ausschließlich durch preußisches Gebiet gereist, um die Landesgrenzen der zahlreichen Kleinstaaten auf ihrem Weg in den bayerischen Rheinkreis zu meiden. Und nun verwehrte man ihnen ausgerechnet hier die Einreise. *Nur gut, dass Ludwig weiterreisen durfte*, ging es de La Tour durch den Kopf. *Und dass er gut vorbereitet ist. Dass er den Brief des Kasseler Professors dabei hat. Und dass er weiß, wo Siebenpfeiffer anzutreffen sein wird. Hoffentlich stimmen die Informationen,* grübelte de La Tour.

»Wann wird Ihr Schwiegersohn in Homburg eintreffen können?«, fragte Altorf. Auch er war schlecht gelaunt nach der langen Reise und dem unwillkommenen Halt.

»Wenn ich das wüsste«, brummelte de La Tour. »Diese Unterbrechung hatte ich nicht einkalkuliert. Und wer weiß, was Ludwig im weiteren Verlauf seiner Reise noch aufhalten wird.« Jetzt schüttelte de La Tour den Kopf. »Wissen Sie, vor gut zwanzig Jahren bin ich mit meiner Tochter und meinem Schwiegersohn vor Napoleon geflohen. Rechtzeitig hatte ich den Dienst in der Grande Armée quittiert, bevor der Kaiser dieses Fiasko vor Moskau begann. Unbehelligt sind wir während der ganzen Zeit auf dem Weg von Hameln bis nach Südfrankreich geblieben. Aber jetzt ... In diesem sogenannten *Deutschen Bund* ... Hier meint man, uns aufhalten zu müssen. *Deutscher Bund ...*« Aus seinen Worten entsprang ein hohes Maß an Verachtung, die er mit einer abweisenden Handbewegung zusätzlich betonte. »Und ihr ... ihr Zeitungsmenschen fordert ein *vereintes Europa.* Illusorisch. Hoffnungslos. Ja, es ist geradezu lächerlich.« In de La Tours Aussagen schwang Verbitterung mit.

»Sollten wir nicht?«, wagte Altorf zu fragen.

Da brach es aus dem Franzosen heraus, fast ein wenig ungehalten. Entrüstet sprach er, bevor er sich wieder beruhigte und fast ein wenig deprimiert klang: »Natürlich solltet ihr! Sollen wir alle! – Aber mir scheint, davon sind wir weiter entfernt als je zuvor, oder?«

Sieben

Noch immer bewegte sich Fanny wie geistes-abwesend durch die Wohnräume im Nach-barhaus des Wirthschen Quartiers, oder sie saß wie versteinert stundenlang in einem Sessel und stierte die Wände an. Zunächst hatte sie sich eingeschlossen. Jetzt saß Regina, die eine kleine Weile auf die Cousine eingeredet hatte, neben ihr. Still strich sie über Fannys Arm. Doch Fanny schien nicht getröstet werden zu wollen; am wenigsten durch Berührung. Sie zog den Arm weg. Sie wollte etwas sagen, doch es gelang kaum. »Conrad«, war das einzige, was ihr mur-melnd über die Lippen kam. Und die Frage nach dem »Warum«. Immer wieder nur »Warum?«

Der Geistliche war da gewesen. Natürlich der evangelische. Mit dem katholischen Gegenpart lagen Wirth und Siebenpfeiffer im Streit, seitdem sie nach der Feier bei einem der Festbankette von dem Stadtpfarrer denunziert worden waren. Aber der protestantische Amtsbruder, der hatte sich um den gemordeten Conrad gekümmert. Als erster. Reginas Mann und Siebenpfeiffer waren auf Anraten des Pfarrers abgereist. »Sie müssen durch dieses Verbrechen ja nicht schon wieder in die Schusslinie geraten«, hatte er gesagt. »Und wenn's auch nur die politische ist«, hatte er hinzugefügt. Ein Gendarmerie-Lieutenant war gerufen worden, der von der nur noch anwesenden Regina und dem Pfarrer Zeugenaussagen zu Protokoll genommen hatte. Nachdem der Tote einem Gerichtsarzt übergeben worden war, hatte der Ermittler trotz des völlig unerklärlichen schäbigen Vorgangs lediglich mehr oder weniger achselzuckend den Ort der Tat wieder verlassen. »Das musste ja so kommen«, hatte er gemurmelt und sich dabei an Vorfälle im März erinnert. Als ihm mit anderen Gendarmen und einer Unzahl von Chevauxlegers aus Zweibrücken befohlen worden war, in das Haus der Wirths zur Versiegelung der Pressen einzudringen.

Von der apathisch wirkenden Fanny war keine Information zu erhalten gewesen. Die dachte einzig und allein an ihren Conrad. Der tote Conrad. Der doch niemandem etwas zuleide getan hatte. »Warum nur?«, fragten sich Fanny und auch Regina. Mit dieser einen immerzu wiederholten Frage brach eine fürchterliche Nacht für die junge Witwe an.

Acht

De La Tour und Altorf warteten ungeduldig auf Informationen des Kutschers. Zum wiederholten Male hatten sie die alte Nahe-Brücke in dem Grenzstädtchen Kreuznach überquert, als ihr Fuhrmann endlich erschien.

»Ich habe gute und schlechte Neuigkeiten, die Herren«, machte er es spannend. Als er über seine Erkundigungen berichtete, bemühte er sich um eine verhaltene Lautstärke. Das war nicht einfach. Denn der Nahe-Fluss führte reichlich Wasser, dessen Rauschen unter der Brücke fast alles übertönte. »Nach Bayern zu gelangen ist in diesen Tagen wahrlich nicht leicht, wenn man dort nicht erwünscht ist. Von einer Reisegesellschaft, die einen gewaltigen Umweg in Kauf genommen hat, habe ich erfahren, dass selbst von Baden aus die Grenzen dicht sind. In Rastatt hat man wohl bedenken, dass die Heidelberger Burschenschaften eine Invasion planen könnten.« Der Kutscher zuckte die Schultern. »Und um über die nahen Schmugglerpfade unser Glück zu suchen, davon wird ernsthaft abgeraten. Aber es gibt eine ... nun ja, ich denke, es gibt eine vielversprechende Gelegenheit, die aber einen Umweg nach St. Wendel im Fürstentum Lichtenberg nötig macht. – Was keine Schwierigkeiten geben dürfte«, ergänzte er schnell, als er die hochgezogenen Augenbraue de La Tours gewahrte. »Denn dort sympathisiert man mit dem Königreich Preußen. Von St. Wendel könnten wir in einer Stunde Dörrenbach erreichen. Ein kleines Dorf, von wo ein Bergwerksstollen ins bayerische Breitenbacher Feld führt. Die dortige Grenze gilt unter Eingeweihten als undicht und wird gerne gewählt. Denn jenseits der Grenze sind Schnaps und Bier erheblich billiger, was zu regem Schmuggel-Verkehr führt.«

»Und diesem Weg sollten wir uns anvertrauen?« Altorf war sehr skeptisch.

»Man hat mir versichert, dass die Behörden diesseits und jenseits der Grenze die Augen zudrücken. Letztlich profitieren alle vor Ort von dem regen Handel.«

Im Gegensatz zu dem Journalisten schien de La Tour weniger Bedenken zu haben: »Was auch immer wir unternehmen – wir sollten möglichst zügig an unser Ziel kommen«, sagte er bestimmt.

»Wenn wir morgen in aller Frühe aufbrechen und das Wetter stabil bleibt, könnten wir Dörrenbach möglicherweise schon am Abend erreichen. Und die Grenze werden Sie nach einem etwa einstündigen Marsch überwunden haben.«

»Das heißt, wir müssten uns für eine weitere Nacht ein Quartier suchen. Und wenn wir in Bayern sind, werden wir uns nach einem anderen Fuhrwerk umsehen müssen«, überlegte de La Tour.

»Sie könnten schließlich in gut drei Stunden in Homburg sein«, rechnete der Kutscher vor, der seine beiden Reisenden schnell überzeugt hatte und hinzufügte: »Das könnte in Ihrer Lage nicht die schlechteste aller Möglichkeiten sein, oder?«

Neun

Homburg, Freitag, 20. April. – Als Regina am anderen Morgen nach ihrer Cousine schaute, war der scheinbar gefühllose, teilnahmslose, gleichgültige Zustand gewichen. Nicht mehr ausdruckslos sondern zornig blitzte es nunmehr in ihrer Mimik auf. Zudem hatte die stereotype Frage nach dem »Warum?« einer anderen Frage Platz gemacht. »Wer?«, kreiste es stattdessen heute in Fannys Gedanken herum. »*Wer* ist für dieses Verbrechen verantwortlich?«, fragte sie voller Ingrimm. Energisch griff sie die Holzscheite, die immer noch in der Nähe der Eingangstür lagen und stapelte sie in eine Ecke. Mit ihnen hatte man vor einigen Wochen die Tür verbarrikadiert, um die Gendarmerie daran zu hindern, in die Wohnungen einzudringen. In beruhigender Absicht näherte sich Regina ihrer Cousine. Doch Fanny riss sich los. »Wer hat das getan?«, schrie sie in einer Mischung aus Erregung und Verbitterung. Als sie keine Antwort von Regina erhielt, ließ sie den letzten schweren Holzklotz kurzerhand fallen. Unmittelbar neben ihren Füßen schlug er auf, derweil Fanny ihre Hände vor das Gesicht schlug. Erstmalig weinte sie. Leise. Die Wirklichkeit war zu schmerzhaft, um sie begreifen zu können. »Irgendjemand muss doch etwas bemerkt haben«, wimmerte sie. Dann blickte sie Regina mit geröteten Augen an und schluchzte: »Ich werde ... Ich werde mich zuerst in der Nachbarschaft umhören«, sagte sie bestimmt. »Vielleicht ... Vielleicht hat ja doch irgendjemand etwas gesehen und den Täter erkannt!«, hoffte sie.

Jetzt ließ sie sich von Regina in den Arm nehmen. »Gib auf dich acht«, erwiderte Regina zögernd. »Und handle bedacht! Ich wünschte, du gingest dem Schmied und dem Stallmeister aus dem Weg. Du weißt, dass sie uns nicht wohl gesonnen sind. Stürze uns nicht noch tiefer ins Unglück!«, mahnte sie.

Als Fanny das Haus verließ, meinte sie hinter jedem Fenstervorhang der benachbarten Häuser Bewegung zu wittern. Obwohl sie keine Menschenseele sah, glaubte sie Getuschel zu vernehmen. Am liebsten wäre sie dahin gegangen, wo sie sich hingezogen fühlte, wenn sie nicht zuhause war. Aber würde sie dort auf Verständnis und Entgegenkommen hoffen dürfen? – Es gärte in ihr. Sie sehnte sich nach Vergeltung. Ihre Schritte gingen schneller und führten sie – Reginas Mahnungen missachtend – schnurstracks in die Richtung zur Schmiede. An einer Hausecke innehaltend hörte sie den hämmernden Lärm der Arbeiten am Amboss. In diesem Moment machte sie sich ihr unerhörtes Verhalten bewusst. Sie trat hinter den Mauervorsprung zurück und überdachte ihr weiteres Vorgehen. Dabei atmete sie zunächst erleichtert auf. Denn bei der Schmiede zeigte sich nicht der feiste Herr des Hauses, sondern ein Freund Conrads. Hatte er sie erkannt? Der war jetzt ein Gehilfe des Schmieds? Fanny konnte es kaum glauben. Distler war ein eher schmächtiges Kerlchen, das alle Mühe hatte, einen Pferdefuß zwischen seinen Schenkeln zu halten, während er mit einer Zange ein glühendes Eisen auf den Huf setzte. Es zischte und stank. Fanny war angewidert. Neben Distler gewahrte sie jedoch einen anderen Kerl. Es war der rabiate Stallmeister Wulf Bernauer von nebenan, der sich wärmend in der Nähe der Esse aufhielt. Jetzt spürte sie, wie ihr Herz klopfte. Bernauer machte sich einen Spaß daraus, einen angeketteten Hund zu ärgern. Er konnte es nicht lassen, das arme Tier mit einer Gerte zu malträtieren. Fanny überlegte kurz. Dann verschwand sie in einem Spalt zwischen zwei Hauswänden. Dunkel und eng war die Gasse, durch die sich wie eine Rinne ein Graben zog. Hier sammelte sich der Unrat. Seine Ausdünstungen waren keineswegs angenehmer zu ertragen, als der Gestank, den das Beschlagen des Pferdes verursachte. Fanny huschte durch ein nur angelehntes Tor und befand sich schließlich beim Eingang des zur Schmiede gehörenden Wohnhauses. Vorsichtig spähte sie um eine Ecke, als sie zutiefst erschrak. Sie drehte sich um und sah sich der bedrohlich wirkenden Gestalt des Schmieds ausgesetzt. Sogleich fiel ihr Blick auf seine unförmige dickliche Nase, die buschigen Augenbrauen und die Gesichtszüge, die ihn so grimmig erscheinen ließen.

»Fanny, ja gibt's das. Du hier? In *meinem* Reich? Hast dich schon lange nicht mehr hergetraut. Oder hat's dir die Verwandtschaft verboten?«, stichelte der Schmied.

»Erich, du ... Du hast mich aber erschreckt«, stammelte Fanny.

»Ob's dein schlechtes Gewissen ist? Das kommt davon, wenn man sich rumschleicht, wo die Dämonen hausen.«

»Die Dämonen?«

»So wie du ausschaust scheint's, als wärst du gerade durch die Cloake gestolpert. Was wird die Wirthsche sagen, wenn du ihr derart verdreckt den Hausfrieden störst?«

Der Schmied blickte kopfschüttelnd auf Fannys beschmutzte Schuhe. Auch der Saum ihres Kleides war verunreinigt.

»Und auch der Conrad wird wenig beglückt sein, wenn er von deinem Ausflug erfährt, oder? – Na, komm erst mal rein, wenn mir schon die Ehre deines Besuchs zuteilwird. Außerdem scheint es, als würdest du tüchtig frieren. Ich brüh dir einen Tee auf, wenn du magst.«

Höflich hielt der Schmied die Tür auf und verneigte sich ein wenig, als sie ins Haus eintrat. Kurz wunderte sich Fanny. So charmant hatte sie ihn nicht in Erinnerung. Doch das überraschend angenehme Gefühl war nur von kurzer Dauer. Unbehagen beschlich sie, als sie am Eingang des dunklen Hausflures stand und bemerkte, wie der Putz von den Wänden bröselte. Auf dem Boden hinterließ er eine Spur von Sand und kleinen Steinchen. In den Ecken sammelten sich Spinnweben mit eingetrockneten Fliegen. Am Ende des Korridors konnte sie im schummrigen Licht eine Treppe erahnen, die ins obere Stockwerk zu führen schien. Rechter Hand befand sich eine lediglich angelehnte Tür, zu der Fanny nun geführt wurde.

Der Wohnraum war spartanisch eingerichtet. Lediglich ein Tisch, einige wenige Schemel und ein Kanapee mit verschlissenem Stoffbezug bildeten die Einrichtung.

Nachdem sie aufgefordert worden war Platz zu nehmen, hockte sich Fanny zögernd auf eine der Sitzgelegenheiten. Derweil hielt sie ihren Mantel krampfhaft geschlossen. Unsicher wirkte sie. Zudem bekam die gesamte Situation einen unheimlichen und ungemütlichen Charakter, als der Schmied mit einem Schüreisen die Glut anfachte und schwarzen Rauch hervorquellen ließ. Augenblicklich löste er einen Hustenreiz aus.

Hier haust er also, ging es Fanny durch den Kopf, als sie abwechselnd zum Schmied und zu einem winzigen Fensterchen mit stark verschmutztem Glas blickte. Der Raum war wenig einladend und ziemlich ausgekühlt. Der Schmied gab Kohlen auf die nur noch spärlich vorhandene Glut und setzte einen mit Wasser gefüllten Topf auf.

Von einem Bord nahm er zwei Becher, in die er einige Teeblätter füllte.

»Der Conrad weiß also nicht, dass du hier bist?«, fragte der Schmied noch einmal nach. Fanny schüttelte lediglich den Kopf.

»Ich denke, er wird wenig begeistert sein, oder?«

Achselzuckend und dabei schweigsam schaute Fanny auf ihre Hände.

»Und was willst du von mir?«, fragte der Schmied.

»Ach, Erich, es ist so schrecklich. Schau, der Conrad ... Der Conrad ist ... Der Conrad ist tot und ...« Schluchzend ließ Fanny den Satz unbeendet.

»So, der Conrad ist tot?« Der Schmied zeigte weder Überraschung noch Mitgefühl. »Ja, ist er an der Seuch' gestorben?«

»An der Seuch'? An welcher Seuch'? – Nein, er ist ermordet worden. Hinterrücks erschossen hat man ihn.«

»Hm. Erschossen, ja?« Der Schmied gab das inzwischen heiße Wasser auf die Teeblätter und reichte Fanny einen Becher. Er beobachtete, wie sie ihren Mund vorsichtig an den Becher führte. Fasziniert blickte er auf ihre Lippen. Voll und rot. »Du solltest den Tee noch einen Moment ziehen lassen«, empfahl er. Ihre Verwirrtheit erregte ihn.

»Du hattest noch nichts davon gehört, dass Conrad tot ist?«, hakte Fanny nach.

»Wenn du den Tee getrunken hast, möchte ich dir etwas zeigen«, wich er einer Antwort aus.

»Du weißt also was?« Fanny ließ nicht locker.

»Tja. Fanny. Wie soll ich's dir sagen?« Der Schmied nahm einen anderen Schemel und setzte sich unmittelbar vor seinen Gast. Unvermittelt nahm er ihr den Becher weg, stellte ihn achtlos auf den Tisch und griff ihre beiden Hände. »Weißt du, Fanny. Ich kenne den Mörder!«

Ihre Blicke trafen sich. *Entzückend*, ging es dem Schmied durch den Kopf. Ihre Augen schienen ihn zu berauschen. Doch sofort schlug sie verschämt die Augen nieder. Nun stierte er gebannt auf ein Mal ihrer linken Wange.

»Du kennst ...«

»Er hat mich in der Hand«, unterbrach er sie. »Drum werde ich mich hüten, etwas zu verraten. – Es sei denn ...«

»Was, Erich? Wer ist es?« Voller Erwartung blickte sie wieder auf. »Nenn mir den Namen, Erich!«

»Tja Fanny. Das ist nicht so einfach. Schau. Ich will ja gerne. Aber andererseits ...«

»Was ist, Erich? – Du ... Du kannst mir helfen, den Mörder zu finden. Du ... Nur du. Willst du mir helfen?« Aus Fannys Worten klang ein Flehen.

»Tja Fanny, ich könnt' mir schon vorstellen ... weißt du, ich meine ... Eine Hand wäscht die andere. So sagt man doch, oder?«

»Was willst du, Erich? Sag es! Was kann ich für dich tun?«

»Komm mit, Fanny. Ich will dir was zeigen. Komm mit. Aber lass den Mantel hier. Den müssen wir nachher noch reinigen!«

Erst zog er sie; dann schob er sie ... Für Fanny war es fast ein bisschen zu energisch, wie dringlich es plötzlich wirkte, als Erich sie die Treppe hinaufführte. Unterwegs begann er in Rätseln zu reden:

»Schau, Fanny, schau. Ich kann dir helfen. Du kannst was für mich tun. Und das ist gut so. Ich meine ... Weil du und ich ... schau, so fremd sind wir uns ja eigentlich nicht, auch wenn wir uns eine Weile nicht gesehen haben. Du könntest ...«

»Was, Erich? Was verlangst du von mir?«

»Verlangen? Ich? Verlangen? Ach Fanny, *verlangen*, das tun die anderen. Ja, ich weiß, der Siebenpfeiffer und der Wirth und all die anderen ... Die wollen, dass ihr Frauen mehr Rechte bekommt. Pah! Was brauchst du mehr Rechte? Bei mir bekommst du alles, was du willst. Ab und an mal etwas Strenge ... Das ist doch ... Das hat noch nie geschadet. Weißt du, mein Vater hat früher immer gesagt *Ein Vater, der sein Kind liebt, der schlägt es.* Aber keine Sorge, Fanny. Bei mir musst du keine Angst haben.«

Verstört drehte sich Fanny um, als sie die obere Etage erreicht hatte. »Erich, was redest du da?« Fanny zitterte nun am ganzen Leib. »Was du da sagst, ist doch wirres Zeug. Was hat das mit *Liebe* zu tun? Und überhaupt: Ich dachte, du würdest mir sagen, was zu tun ist, damit wir den Mörder von Conrad ...«

»Das will ich ja, Fanny. Und das hat sehr wohl etwas mit Liebe zu tun«, fiel er ihr ins Wort. »*Liebe*. Ich zeige dir, was *Liebe* bedeutet. Hier schau nur: Das ist meine Schlafkammer, in der ich dich schon seit langem immer in meiner Nähe weiß ... Auf diesen Bildern ... Ja, da staunst du, was? Die habe ich gezeichnet. Hier siehst du dich ... Ja, Fanny, beim Kochen, mit mir beim Wulf im Pferdestall, in meinen weichen Kissen oder bei der Wirthschen, inmitten der schwarz-rot-goldenen Stoffe liegend, bekleidet oder ... Weißt du, schon seit langem wünsche ich mir, mich davon überzeugen zu können, dass ich dich mit meiner Zeichenkohle richtig getroffen ... ich meine, dass mich meine Vorstellungskraft nicht getrogen hat.« Er nahm einige kleine Abbildungen von der Wand und verglich die gezeichnete Gestalt mit dem Wesen aus Fleisch und Blut, das nun vor ihm stand. Dann steckte er sie in eine Hosentasche. »Fanny, vielleicht willst du noch ein wenig von deiner Kleidung ablegen und ...«

»Aber Erich, das geht doch nicht. Hier ist es zudem viel zu kalt.« Fanny bibberte – aber mehr vor Angst als vor den vermeintlich kühlen Temperaturen.

»Ach Fanny, in meinen Armen. Da wird es dir schnell warm werden. Hier, fühl nur.« Der Schmied hielt ihr seine muskulösen Oberarme hin. »Du hast doch gewiss auch schon mal davon geträumt ... Jede möchte doch mal mit dem Schmied ... Jede, die seinen bloßen Oberkörper bewundert, die davon träumt, dass er darunter nur seine Schürze trägt ...« Er nestelte an ihrer Kleidung und fuhr dabei fort: »Die irgendwann seinen Hammer nimmt ... Komm Fannylein, warum wehrst du dich denn so, wenn ich dich von deiner schmutzigen Kleidung befrei ...« Jetzt wurde er rabiater.

»Erich, ich will das nicht!«

»Aber du willst doch, dass ich dir den Mörder von Conrad ...«

Da riss sich Fanny los, wandte sich zur Türe der Schlafkammer und polterte die Treppe hinab. Auf den untersten Stufen strauchelte sie. Das reichte ihrem Verfolger, um über sie zu kommen.

»Fanny, warum willst du weglaufen? Fanny, nun weine doch nicht. Ich will doch auch garnicht streng mit dir sein. Oder sind das Freuden-tränen? Ja, Fanny, das wird's wohl sein. Komm zu mir, Fanny. Wir beide haben doch schon so lange auf diesen Moment gewartet. Du spürst es doch auch, dass wir füreinander geschaffen sind. Dieses Glück. Oh Fanny, du bist so wunderschön ... deine makellosen Brüste, dein niedliches Muttermal auf der Wange ... Sieh nur, auf meinen Zeichnungen hast du auch dieses Mal, diese Brüste, diesen einladenden Schoß ... Fanny, nun wehr dich doch nicht immerzu. Oder machst du das mit Absicht? Ja, bestimmt. Du tust das, weil du es so magst, stimmt's? Ja, du willst auch das Feuer der Leidenschaft spüren, hab ich recht? Willst spüren, wenn ich dir mit meinem Hammer Lust bereite ... im gleichmäßigen Takt, wie wenn ich auf den Amboss schlag«, stöhnte er.

Fanny biss sich auf die Lippen. Warum hatte man Conrad getötet? Warum hatte man nicht *sie* an seiner Stelle ... Sie schob den Gedanken beiseite. Für einen Moment glaubte sie ein Geräusch gehört zu haben. Sie wollte schreien, doch der Schmied hielt ihr mit seiner derben Pranke den Mund zu. Sie schloss die Augen. Dabei zeigte sich ihr ein Bild der Erinnerung. Sie wusste genau, wo sich der Schürhaken befand. Sie musste nur im richtigen Moment zupacken oder den Topf mit dem heißen Wasser zu greifen bekommen. Doch dazu kam es nicht. Mit Gewalt nahm sich der Schmied, was er nie freiwillig bekommen hätte.

Zehn

Samstag, 21. April. – Endlich konnten sie sich aufrichten. Eine Ewigkeit, so schien es, hatten sie sich in gebückter Haltung fortbewegen müssen, denn die Decke des Bergwerksstollens war sehr niedrig. De La Tour zollte dem vor ihm stehenden Bergmannsbauern höchsten Respekt. Denn der hatte darüber berichtet, wie er bis noch vor wenigen Jahren lediglich auf dem Rücken liegend die Kohle aus dem Flöz zwischen den Gesteinsschichten herauszukratzen hatte.

Im spärlichen Licht einer von ihrem Führer selbstgebauten Öllampe warf der Franzose dem bereits sichtlich erschöpften Hamelner Journalisten einen Blick zu. Keuchend suchte sich Altorf mit der rechten Hand an der Wand abzustützen, glitt von der festen glänzenden Steinkohle ab, griff an einen rauen Balken und führte die Hand schließlich durch sein rußiges Gesicht. Er wischte sich den Schweiß weg, der ihm mitsamt dem Kohlenstaub in den Augen brannte.

De La Tour nahm einen Schluck aus seiner Wasserflasche. Es war ein Genuss. Einige Augenblicke ließ er die jüngste Vergangenheit Revue passieren und dachte dabei ein bisschen mit Wehmut an den Kutscher. Dankbar musste er ihm sein, denn der Fuhrmann hatte nach der Ankunft in St. Wendel eben jenem Bergmannsbauern ausfindig gemacht, dem man sich heute in diesem Labyrinth von Gängen anvertraute.

Es war am gestrigen Abend bereits dunkel geworden, als sie St. Wendel erreichten. Umso glücklicher waren sie, dass sie bei der Familie ihres Führers Unterkunft erhielten. Doch mehr noch: Die Frau ihres Gastgebers, die den Ofen zum Brotbacken angeheizt hatte, bot ihnen ein Gericht mit Zwiebeln, Speck und Sauerrahm auf dünn ausgerolltem Brotteig an. *Flammkuchen* nannte sie die Speise, die sie aus der Glut des noch überheißen Ofens herausgeangelt hatte. Von ihr erhielten sie zudem einige deftige Schmalzbrote für den nächsten Tag. »Ich kann Ihnen nur Bier anbieten. Den hiesigen Wein können wir uns nicht leisten, auch wenn der zum Flammkuchen besser munden würde«, stellte ihr Gastgeber fest, der kurz zuvor seine zwei Kühe und die beiden Ziegen gemolken hatte. Wenige Tiere waren schon seit jeher seine Existenzgrundlage, berichtete er. Doch die Tätigkeit als Bauer reiche nicht aus für den täglichen Broterwerb. »Nur mit dem Lohn für das Schuften als Bergmann hatten wir hinreichend Auskommen«, erklärte er. Als de La Tour sein Anliegen durchblicken ließ, gestand er, dass er ohne den Schmuggel heute kaum würde überleben können, seitdem er für die Arbeit des Bergmanns nicht mehr leistungsfähig genug sei. »Das Bier aus Bayern sichert jetzt unser Leben.«

Er klagte nicht; dazu war er zu stolz. Und er machte nicht viele Worte, was de La Tour honorierte.

»Ich werde Sie sicher rüberbringen«, versicherte der Bergmannsbauer.

»Es wird Ihr Schaden nicht sein«, erwiderte de La Tour, der ihm die Hälfte des geforderten Honorars überreichte. Ihr Abkommen besiegelten sie mit einem kräftigen Handschlag.

Elf

Regina Wirth saß in der Stube und stellte noch immer Accessoires aus schwarz-rot-goldenen Stoffen her. Ihre beiden jüngeren Kinder hockten auf dem Boden und sortierten Bänder, Knöpfe, Federn und Garnrollen. Während die vierjährige Rosalie mit den Gegenständen eher spielte, bemühte sich der knapp zwei Jahre ältere Franz Ulpian schon recht ausdauernd, kleine Bonbonpapiere in den drei Farben herzustellen. Derweil faltete der zehnjährige Max Kuverts. Mit denen sollten die Abonnenten der DEUTSCHEN TRIBÜNE beliefert werden, wenn das Zeitungsblatt wieder gedruckt werden konnte. Regina wusste, dass ihr Mann voller Hoffnung war, das Blatt bald wieder produzieren lassen zu können, notfalls sogar auf illegalem Weg. Und natürlich sollten dann wieder die verschiedensten Vertriebswege genutzt werden, die schneller waren als jede Kontrolle und Zensur.

Zwar gingen die Kinder ihrer Beschäftigung ausgesprochen ruhig nach, dennoch war es für Regina nicht einfach, sich auf ihre Arbeit zu konzentrieren. In ihren Gedanken war sie meist bei Fanny, die ziemlich verwirrt nach Hause gekommen war. Verweint und mit ungewöhnlich ramponierter Kleidung und Frisur. Ja, sie hatte einen *unglaublich* derangierten Eindruck hinterlassen und kein Wort gesprochen. Für die Betreuung der Kinder stand sie in diesen Tagen nicht zur Verfügung.

Die Wirthsche machte sich Sorgen. Sorgen darüber, wie das Leben der Cousine weitergehen sollte. Was hatte das Schicksal doch aus diesem temperamentvollen und lebenslustigen Menschen gemacht. Ein Häufchen Elend, Scham und Selbstmitleid. Sie hatte sich wieder in ihr Schneckenhaus zurückgezogen. Wie in den ersten Stunden nach Conrads Tod.

Abgelenkt wie sie war, stach sich Regina mit einer Nadel in einen Finger. Sie führte diesen zum Mund und zuckte zusammen, als ein lautes Poltern sie erschrak. Zwar wurde sie dadurch aus ihren Gedanken gerissen, doch glücklich war sie über diese unwillkommene Störung keineswegs. Während sich ihr Unmut regte, legte sie ihre Nähutensilien beiseite, erhob sich und reckte ihre Arme in die Höhe. Auf einen kurzen Wink hin verschwanden die Kinder in einem benachbarten Raum. Dann ging Regina missgelaunt zur Tür. Penetrant betätigte der Ruhestörer einmal mehr den Türklopfer. Fast hörte es sich an wie vor Wochen, als die Ordnungshüter in Reginas Reich eindrangen, um ihren Ehemann zu verhaften. Auch diesmal begehrte jemand dringend Einlass. Ungehalten riss Regina die Haustüre auf.

Deutlich weniger energisch tat es ihr Fanny gleich. Der Lärm war auch für sie nicht zu überhören gewesen. Zögernd hatte sie ihre Zimmertür einen Spalt breit geöffnet und lauschte. Für einen Moment schien sie erleichtert, als sie die Stimme des evangelischen Pfarrers erkannte. Schon wollte sie sich wieder in ihre Kammer zurückziehen, als sie unglaubliche Nachrichten vernahm. Was sie hörte, ließ sie wie angewurzelt stehen. Bemüht, keinen Laut von sich zu geben, hielt sie den Atem an. Dabei war die Kehle wie zugeschnürt. Sie sah vor ihrem inneren Auge die boshafte Fratze des Schmieds, dieses Unholds, der ihr Leid angetan hatte. Und dann war da auch noch der Stallmeister Wulf gewesen, der ihr über den Weg gelaufen war. Das hätte nicht sein dürfen. – Mit einem Male war ihr klar, was nun getan werden musste. In dieser Situation musste sie … *Es ist nicht auszudenken, was sonst geschehen wird*, ging ihr durch den Kopf, als sie den Pfarrer reden hörte:

»Frau Wirth, stellen Sie sich nur vor, man hat die verkohlten Reste des Schmieds in seiner Esse gefunden. Und nicht nur das. Auch Ihr Nachbar, der Stallmeister Wulf Bernauer, wurde ermordet. Getötet durch zahlreiche Messerstiche. Ein furchtbares Blutbad.« Der Pfarrer war außer sich und sorgte für Empörung. »Frau Wirth, Sie müssen fliehen!«

»Aber ...« Regina Wirth reagierte bestürzt ob dieser Mitteilungen; mehr noch, sie war schockiert: »Das ist ja schrecklich. Aber wieso sollte *ich* fliehen?«

Der Pfarrer blickte sich um und deutete auf die schwarz-rot-goldenen Kokarden: »Diese ... Diese verräterischen Indizien sprechen eindeutig gegen Sie, Frau Wirth! Diese Kokarden wurden bei den Toten entdeckt!«

Zwölf

De La Tour und Altorf verabschiedeten sich von ihrem Begleiter, der ihnen geholfen hatte, eine Mitfahrgelegenheit auf einem mit mehreren Körben und Kohlensäcken beladenen Karren zu bekommen.

Der weitere Weg war ausgewaschen und hatte viele Unebenheiten. Immer wieder wurden die Männer hin und her geworfen, wenn die Räder des Gefährts durch ein Schlagloch fuhren. Als das Fahrzeug in südliche Richtung rumpelte, schloss der Franzose die Augen und sah im Geiste, wie sie den weiteren Weg durch den Stollen bewältigt hatten. In Richtung Breitenbach war ihr Weg leichter zu begehen gewesen. Unterwegs waren ihnen Gleichgesinnte ihres Führers begegnet, die einander kannten. Es war nicht zu verstehen gewesen, was der Bergmannsbauer mit ihnen zu bereden hatte. Vielleicht hatten sie ihm einen Ratschlag erteilt. Denn als sie nahe beim Ausgang an eine Stelle kamen, die ihnen wegen einer Überflutung den weiteren Weg versperrte, wusste ihr Gefährte einen abenteuerlich anmutenden Nebengang zu nutzen. Letztlich entkamen sie dem Bergwerk durch eine nur sehr enge Passage, die mühsam durch eine Verschüttung gebahnt war. Mit Freude hatten sie den Lichtkegel am anderen

Ende des Stollensystems wahrgenommen. *KB* stand auf einem Grenzstein, der ihnen bestätigte, dass sie tatsächlich im *Königreich Bayern* angelangt waren. Erleichtert hatten sich Altorf und de La Tour rücklings in den Staub fallen lassen. Dass sie nun ebenfalls aussahen wie Bergleute, störte hier niemanden. Diesseits der Grenze gab es ein reges Treiben von Männern, die sich auf dem Weg in die Gruben befanden.

Derart sinnierend zeigte sich auf de La Tours verdrecktes Gesicht ein Schmunzeln, das sich in Überraschung auflöste, als ihm etwas über den Kopf strich. Von der Fahrerbank ihres Kohlelieferanten, eines Bauern aus Homburg, war ein Zeitungsblatt herübergeweht.

‚*Der Deutschen Mai*‘ stand da in auffallend großen Lettern geschrieben. ‚*Neustadt an der Haardt im bayerischen Rheinkreis. 20. April 1832*‘ las de La Tour, der sich aufgesetzt hatte und dem Journalisten Altorf einen Stoß in die Rippen verpasste.

»Hier, lesen Sie nur, Altorf. Ein Aufruf Siebenpfeiffers! Der *Pressverein* scheint sich eine Anzeige in der Neuen Speyerer Zeitung zu Eigen gemacht zu haben.«

»Wie ... Wie einst beim Wartburgfest ... Damals, vor fünfzehn Jahren«, erinnerte sich Altorf. »Sie laden zu einem Volksfest auf der

Hambacher Schlossruine bei Neustadt ein«, flüsterte er.

»Jetzt wird mir klar, warum man uns die Einreise nach Bayern verwehrt hat«, murmelte de La Tour.

»Und warum der Grenzsoldat uns insbesondere auf *Neustadt* angesprochen hat«, ergänzte Altorf leise.

»Sie müssen nicht tuscheln«, mischte sich plötzlich der Bauer ein. »Ich kann schweigen wie ein Grab. Der Doktor Siebenpfeiffer und seine Mitstreiter genießen die Sympathien vieler Menschen. Wir können ganz offen reden.«

»So?«, fragte Altorf neugierig. »Ist das nicht sehr gefährlich?«

»Pah! Was haben wir denn schon zu verlieren«, erklang es verbittert. »Wir verarmen doch immer mehr. Unsere Steuern fließen nach München. Wir haben nichts davon. Die Zeit ist reif für einen Umsturz, wenn Sie mich fragen.«

»Und Sie glauben, dass der gelingen kann?«, bohrte Altorf nach. Da drehte sich der Fuhrmann um und wies erklärend auf das Zeitungsblatt:

»*Dazu bedarf es eines neuen Geistes. Die Macht der öffentlichen Meinung. Die Zeitungsmenschen sind es, die die Missstände anprangern können.* Das hat der Doktor Siebenpfeiffer gesagt.«

»Ich glaube, da könnte er recht haben«, stimmte Altorf zu. »Ich bin ebenfalls Journalist und denke ähnlich. Aber – Vertrauen Sie denn dem Siebenpfeiffer? Der war doch selbst viele Jahre in der Regierung tätig, oder?«

»Als Landkommissär, ja. Als Jurist in der Verwaltung. Als kritischer Beamter mit Weitblick. Aber nicht als einer der verantwortungslos herrschenden Politiker, die nur ihr eigenes Wohl im Blick haben. Der Doktor Siebenpfeiffer weiß, was er darf und was er nicht darf. Aber vor allem: Er ist einer von uns!«, stellte der Bauer entschieden fest. »Lieber zahlen wir ihm einen kleinen Beitrag für seinen Verein, als es den Reichen in München zur Verschönerung ihrer Hauptstadt in den Rachen zu werfen. Dem Doktor ... dem werden wir folgen. Als nächstes nach Neustadt. Zum Fest am 27. Mai.«

»Daran sollten wir dann wohl auch teilnehmen«, bemerkte de La Tour, um zur Verblüffung des Chauffeurs zu offenbaren:

»Aber zuvor wollen wir Siebenpfeiffer in Homburg persönlich kennenlernen.«

Dreizehn

»Ich fürchte, es gibt kein Entkommen mehr«, stellte Carl Gottfried Freisinger enttäuscht fest. Wenig später, nachdem er seine unheilvollen Nachrichten übermittelt hatte, beobachtete der evangelische Pfarrer am Fenster der Wirthschen Stube, dass das Wohnhaus seines Freundes von Polizeikräften umstellt wurde. Unmittelbar danach wurde die Haustüre aufgerissen.

»Grüß Gott, Frau Wirth. Lange nicht gesehen, gnädige Frau!« Bei seinem Auftritt schien sich Landkommissär Haag daran zu weiden, seine Amtsautorität auskosten und die Hausherrin verspotten zu können. »Gendarmerie-Oberlieutenant Greulich kennen Sie bereits«, stellte er seine Begleitung vor. »Nun, einen geistlichen Beistand haben Sie sich schon geholt, wie ich sehe. Also werden Sie bereits im Bilde sein, warum wir hier sind, vermute ich.«

»Galant, wie Sie sind, werden Sie mich gewiss informieren und mir juristischen Beistand zur Seite stellen«, erwiderte Regina Wirth, wobei sie sich sehr bemühte, ihre Gefühle zu kontrollieren. »So wie Sie das stets tun, wenn Sie hier den Hausfrieden stören«, ergänzte sie kühl. Ihre Dreistigkeit machte den Kommissär für einen Augenblick sprachlos.

»Also, was ist, Oberlieutenant?« Sie wandte sich an den Gendarmen. »Werden Sie mich sofort in Haft nehmen, oder haben Sie die Güte, mir zu sagen, was Ihre Order ist?«

»Mit Ihren Provokationen werden Sie es gewiss auch eines Tages schaffen, hinter Schloss und Riegel zu landen.« Der Kommissär hatte zu seinem süffisanten Lächeln zurückgefunden. »Doch jetzt erwarten wir von Ihnen, dass Sie uns an der Wahrung unserer Dienstpflichten nicht hindern. Wo finden wir Ihre Cousine, diese ...«

Mit einem selbstgefälligen Gehabe entrollte er einen Fahndungsaufruf und schaute mit einem hämischen Grinsen Regina Wirth an. Bevor er weitersprach, gab er dem Gendarmen einen Wink, der sich sofort in Bewegung setzte, um die angrenzenden Räumlichkeiten zu inspizieren. Dann verkündete er förmlich:

»Kraft Anordnung der Königlich Bayerischen Regierung im Rheinkreis haben wir den Auftrag, Ihre Cousine Fanny Heisel, geb. Werner, in Arrest zu nehmen. Sie steht im dringenden Tatverdacht, mehrere Morde verübt zu haben.«

»Die Fanny?« Dem evangelischen Pfarrer entglitt ein kurzes Lachen. Dann schüttelte er den Kopf. »Kommissär, Sie sollten sich schämen, so etwas auch nur zu denken.« Er wurde ernst. »Sie wissen doch genau, dass die Fanny in diesen Tagen erst ihren Mann verloren hat. Durch eine abscheuliche Tat, die Sie offensichtlich bisher nicht aufzudecken in der Lage gewesen sind. Und da beschuldigen Sie ...«

»Ich beschuldige niemanden, Pfarrer.« Jetzt baute sich der Kommissär in einer drohenden Haltung vor dem Seelsorger auf. »Ich verdächtige. Ich verdächtige aufgrund von Indizien. Bei dem getöteten Schmied wurden eine ganze Reihe unsittlicher Zeichnungen gefunden, die eindeutig die Gesuchte in abstoßenden Posen abbilden. Da diese Person ungefähr zur Tatzeit bei ihrer Flucht vom Gehilfen des Schmieds gesehen worden ist, liegt der Verdacht nahe, dass die Gesuchte die Täterin ist. Darüber hinaus gibt es eine Reihe weiterer Beobachtungen, die diesen Verdacht erhärten. Desweiteren, Herr Pfarrer, wurde der Stallmeister Wulf Bernauer durch zahlreiche totbringende Messerstiche niedergestreckt. Bei den Tatwerkzeugen handelt es sich um Messer, wie sie unter den Leuten fahrenden Volkes bei Messerwerfern Verwendung finden. Bei der Durchsicht der persönlichen Habe des getöteten Stallmeisters sind wir auf Unterlagen gestoßen, die besagen, dass die Verdächtige und der Getötete sich schon eine Weile kennen. Dass sie sich *bestens* kennen. Denn sie sind einige Zeit gemeinsam mit einer Gruppe von Spielleuten umhergezogen. Das sollte Ihnen, Frau Wirth, eigentlich bekannt sein!«

Bei den letzten Informationen hatte sich der Landkommissär blitzartig an Regina Wirth gewandt, wobei seine Stimme zunehmend an Schärfe gewonnen hatte.

»Die Gesuchte ist nicht aufzufinden«, erstattete der Gendarm nun Bericht. »Nebenan sind nur die Kinder.« Er legte einige kleine Gesteinsbrocken und Keramikscherben auf den Tisch. Dabei befanden sich zudem verrostete Eisenspitzen sowie geknotete Bänder in den Farben Schwarz, Rot und Gold. »Ich konnte zwar diese Utensilien sicherstellen. Darüber hinaus gibt es nichts Auffälliges. Auch keine Anzeichen dafür, dass die Gesuchte sich durch eine übereilte Flucht ihrer Verhaftung entzogen haben könnte. Der einzige Ausgang, der hinüber zur Druckerei führt, ist verschlossen. Daraus wird sie nicht entkommen sein, denn das Lager haben wir ja bei unserem letzten Einsatz versiegelt.«

Während man aus den Ausführungen des Gendarmen eine Spur von Enttäuschung heraushören konnte, nahmen Regina Wirth und der Pfarrer nahezu unmerklich Blickkontakt auf. Es war ein Moment der Erleichterung.

»Sie haben meinen Einwand ignoriert, Kommissär«, begehrte der Pfarrer noch einmal auf. »Mag sein, dass Ihre Indizien nicht gerade von Vorteil sind für die vermeintliche Täterin, dennoch gebe ich noch einmal zu bedenken, dass

Fanny Heisel derzeit über alle Maßen unter dem Verlust ihres Ehemannes zu leiden hat. Ich kann mir nicht vorstellen, dass sie in dieser Situation in der Lage sein könnte, derart kräftige Mannsbilder zu ermorden.«

Der Kommissär schmunzelte, während er den Fahndungsaufruf wieder zusammenrollte: »Ihre Unschuldsvermutung in Ehren, Pfarrer. Aber *Vergeltung* ist gewiss ein hinreichend gutes Motiv für solche Taten. Da wird sich auch das sogenannte *schwache Geschlecht* einiges einfallen lassen, wenn es darum geht, Rache zu üben.«

»Sind Sie verheiratet, Haag?« Jetzt ließ der Pfarrer durchblicken, dass er nicht gewillt war mit dem Beamten sondern mit dem Privatmenschen zu sprechen. »Wenn Sie es wären, könnten Sie die Gefühle des *schwachen Geschlechts* vielleicht ein *wenig* beurteilen.«

»Sie müssen mich nicht belehren, Pfarrer. Sie sollten Ihre Pflichten wahrnehmen. Da ist Ihr katholischer Kollege deutlich kooperativer.«

»Stimmt. Im Denunzieren. Dafür wird ihm mit Ihrer Hilfe gewiss bald eine neue Kirche gebaut.« Der Pfarrer wandte sich ab, als der Kommissär seine Drohgebärde mit einem erhobenen Zeigefinger zu unterstreichen suchte.

»Ich warne Sie, Pfarrer Freisinger: *Mord* wird nicht im Appellationsgericht Zweibrücken verhandelt, wo die Geschworenen, also überwiegend die Siebenpfeifferschen und Wirthschen Gesinnungsgenossen, urteilen. Für *Mord* geht's in die Festung Landau. Das sollten sich auch all diejenigen bewusst machen, die sich auserkoren fühlen, als Fluchthelfer zu wirken. Ich bin mir sicher, Sie verstehen, was ich meine! – Lassen Sie abrücken, Oberlieutenant«, wandte er sich an den Gendarmen. »Es ist überfällig, den Steckbrief zu veröffentlichen!«

Vierzehn

Ludwig Buchbinder wunderte sich über das ungewöhnlich große Polizeiaufgebot, das ihm
entgegenmarschierte. Kurz bevor sich die Wege
kreuzten, bog der Trupp in Richtung des Homburger Marktplatzes ab. Ziemlich grimmig war
ihm der Kommandeur erschienen, der die Befehle durch die Straßen brüllte.

Buchbinder war am Fuße des Schlossbergs
von dem Fuhrwerk eines Küfers abgesetzt worden, hatte den Mann mit einigen Gulden bezahlt
und sich von einem Scherenschleifer den weiteren Weg weisen lassen. Als er an einem Hausein-
gang eine barocke Steinmuschel entdeckte,
wusste er, dass er sich vor dem Gemäuer eines
ehemaligen Franziskanerklosters befand. Von
hier konnte es nicht mehr weit sein bis zum Haus
des Siebenpfeifferschen Freundes. Siebenpfeiffer
wohne nicht mehr in Homburg. Aber man könne
ihn häufig im Hause des Journalisten Wirth an-
treffen, hatte der Scherenschleifer zu berichten
gewusst. Also ließ er den steilen Weg zum
Schlossberg rechter Hand liegen und wandte sich
nach Westen. Während er die Häuserfronten
abzählte, ging ihm noch einmal durch den Kopf,
wie er hierhergelangt war. Es war ein glücklicher
Umstand gewesen, dass er in der Nähe von
Kreuznach mit diesem Handwerker zusammen-

gekommen war, der Holzbadewannen in einen nahegelegenen preußischen Kurort geliefert hatte. Unterwegs hatte er erfahren, dass man in Kreuznach keineswegs glücklich über die Konkurrenz aus dem bayerischen Rheinkreis war. Gelegentlich liefere er auch über die Grenze nach Frankreich, hatte der Küfer gesagt. Doch da würde er sich in diesen Tagen besser fernhalten in Anbetracht der dort gegenwärtig zu beobachtenden massiven Krankheitswelle. Buchbinder seufzte. Die gleiche Krankheit, an der auch der Professor aus Kassel erkrankt war, der ihn und seinen Schwiegervater und den Hamelner Zeitungsmenschen hierhin entsandt hatte. Obwohl – genau genommen, hatten sie den Auftrag eigenständig übernommen. Denn der Professor war garnicht mehr in der Lage gewesen, die Hintergründe zu erläutern. Informationen hatten sie lediglich aus einer Papiersammlung erhalten, die ihnen die Haushälterin des Professors mit Nachdruck überlassen hatte. »Jaja, die Leni«, murmelte Buchbinder. Er kannte sie schon seit langem. Als junger Mann hatte er sie in Kassel kennengelernt. Ebenso wie den Herrn Professor, der ihm seinerzeit den Weg für seine Ausbildung zum Tiermediziner geebnet hatte. Damals war es gewesen, vor fast fünfundzwanzig Jahren, als er mit Freunden nach Kassel gereist war, um dem jüngsten Bruder Napoleons zu huldigen. Jérôme

Bonaparte, der Herrscher des neuen Königreich Westphalens. Damals schon hatten sie den Herrn Professor kennengelernt, der sich als Freimaurer entpuppt hatte. Und dessen Order nun nach Homburg zu bringen war.

Buchbinder hatte sein Ziel erreicht. Zaghaft bediente er den Türklopfer und wartete auf eine Reaktion. Doch es rührte sich nichts. Erneut begehrte er Einlass; diesmal etwas kräftiger. Wie eine Furie schoss ihm auf einmal ein Frauenzimmer entgegen. In ihrem Schatten ein Geistlicher.

»Was ist denn nun schon wieder? Wann wird uns denn endlich Ruh gegeben?«, keifte die Hausdame.

Buchbinder stellte sich vor. Zögernd wurde er hereingebeten. Noch war man skeptisch. Vor allem, als der Geistliche das Freimaurer-Siegel betrachtete. *Georg zu den drei Säulen* hieß in Einbeck die Bruderschaft, der Professor Brandes angehörte.

Buchbinder erläuterte den Grund seines Besuchs und berichtete in kurzen Zügen davon, dass er an der preußisch-bayerischen Grenze von seinen Mitreisenden getrennt worden war.

»Den Siebenpfeiffer wollen Sie also schützen?« Zweifelnd legte der Pfarrer die Stirn in Falten.

»Ihr Besuch wurde uns angekündigt«, bestätigte Regina Wirth. »Aber, Sie müssen entschuldigen, Sie treffen uns in einer äußerst ungünstigen Situation an. Natürlich müsste ich Ihnen als aufmerksame Gastgeberin längst nach ihrer langen Reise ...«

Der letzte Satz ging in einem heftigen Schluchzen unter. Der Pfarrer bot Regina Halt, bis Ludwig ihr eine Sitzgelegenheit untergeschoben hatte.

»Es ist unverkennbar, dass ich ungelegen komme. ... Wären Sie bereit, mich später vielleicht ...« Buchbinder drehte sich zur Tür.

Da bemerkte der Pfarrer: »Ich fürchte fast, nicht meine Freunde Siebenpfeiffer und Wirth brauchen Schutz und Unterstützung. Vielmehr ist es ...«

»Die Männer lehnen Ihr Angebot ab.« Regina Wirth hatte den Pfarrer jammernd unterbrochen, schnäuzte sich und hielt danach mit einer Geste der Einladung ihrem Besucher die Hand entgegen. »Aber vielleicht können wir tatsächlich von Ihnen ... Bitte nehmen Sie Platz. Wir haben gewiss allerhand zu besprechen.«

Regina Wirth hatte ihre Fassung wiedergewonnen, rief nach ihrem ältesten Sohn Max und bat ihn, für den Besucher eine Erfrischung zu besorgen. Dann berichtete sie von den jüngsten Vorkommnissen und endete:

»Wir hatten bisher noch kaum Gelegenheit, uns in Fannys persönlichen Besitztümern umzusehen. Und ehrlich gesagt, das widerstrebt mir eigentlich auch. Vielmehr wünschte ich sie zu sehen und von ihr zu erfahren, dass dies alles nur ein schlechter Traum ist. Aber ...«

»Aber leider ist zu befürchten ...« Der Pfarrer holte tief Luft, bevor er ergänzte: »Das Siegel der äußeren Druckereitür ist zerbrochen. Wir müssen davon ausgehen, dass Fanny tatsächlich geflohen ist. Wir sind wie vor den Kopf gestoßen und wissen im Moment nicht ein noch aus.«

Buchbinder war sehr betroffen und bemüht einen klaren Gedanken zu fassen: »Wann rechnen Sie mit der Rückkehr Ihres Mannes, Frau Wirth?«

»Er hat uns durch einen Boten wissen lassen, dass er nach seinem Aufenthalt in Neustadt in verschiedene Städte reisen will, nach Kaiserslautern, nach Landau, vielleicht sogar ins Badische. Er ist auf der Suche nach Möglichkeiten, trotz des Verbots den Druck seiner Zeitung wieder aufzunehmen. Und um die Behörden an der Nase herumzuführen, will er mal hier, mal dort erscheinen. In der Hoffnung, dass man ihn nicht fassen kann, wenn er ...«

»Und davon ist er nicht abzubringen?«, fragte Buchbinder mit großen Bedenken.

Regina Wirth wirkte verzweifelt und war sprachlos. Ratlos schüttelte sie nur noch den Kopf.

Fünfzehn

»Ist Fanny ein religiöser Mensch?«, fragte der Tiermediziner eine Weile später zu Reginas Überraschung. Der Pfarrer hatte sich zwischenzeitlich verabschiedet. Und Ludwig Buchbinder hatte mit Regina Wirth in Fannys privater Habe gekramt.

»Was bewegt Sie zu dieser Überlegung?«, erwiderte Regina neugierig. »Haben Sie etwas gefunden?«

Ludwig wandte sich um. »Das lag unter ihrem Kopfkissen.« Er zeigte auf ein Buch.

»Nanu? Die Bibel? Unter Fannys Kopfkissen? Das ist fürwahr ungewöhnlich. Zumindest schien sie mir bisher nicht gerade kirchenfromm zu sein. Nein, wenn ich nur daran denke, mit wie wenig Anteilnahme sie dem Requiem nach dem Tod ihrer Mutter beigewohnt hat. Und bei der Vermählung mit Conrad gab es auch keine kirchliche Trauung. Mir ist nicht mal bekannt ...« Mit einem Male wurde es Regina so richtig klar, wie wenig sie über Fanny wusste. »Ich hab nicht einmal Kenntnis darüber, ob Fanny überhaupt getauft worden ist; geschweige denn, ob katholisch oder evangelisch.« Regina zog eine Augenbraue hoch, als sie das Buch betrachtete. »Die Bibel«, stellte sie kopfschüttelnd noch einmal eher etwas ungläubig fest.

DIE BIBEL,

ODER

DIE GANZE HEILIGE SCHRIFT

DES ALTEN UND NEUEN TESTAMENTS

NACH DER DEUTSCHEN ÜBERSETZUNG

DR. MARTIN LUTHERS

1830

las Buchbinder vor. »Für Confirmanden«, betonte er. »Aber sehen Sie nur ...« Jetzt war er zusätzlich irritiert. »Hier sind drei Wollfäden. Wie Lesezeichen eingearbeitet.«

»Das gibt's ja nicht. In Schwarz, Rot, Gold.« Regina Wirth war perplex. »Solche Bänder lagen auch bei dem Material, das der Oberlieutenant entdeckt hatte. Warten Sie einen Moment; ich hole das Zeug.«

»Hat er seinen Fund nicht beschlagnahmt?«, wunderte sich Ludwig.

»Nein, er hielt es für unbedeutend. Hier, das ist Material, wie wir es in den letzten Monaten zuhauf benutzen zum Anfertigen von ... Au!«

Regina hatte sich an etwas gestochen. »Schauen Sie nur, an dem schwarzen Band baumelt eine Nähnadel.«

»In die Fäden sind etliche Knoten geknüpft.«

»Wie bei einem Rosenkranz, könnte man meinen. – Blättern Sie mal«, forderte Regina ihren Gast auf.

»*Selig sind, die da Leid tragen*«, las Ludwig vor, als er die Seite aufschlug, bei der das schwarze Band eingelegt war. »Matthäus-Evangelium«, murmelte er. »Und bei dem roten Band haben wir einen Psalm.«

»*Die mit Tränen säen, werden mit Freuden ernten.*« Diesmal war es Regina, die entgeistert zur Kenntnis nahm, was da geschrieben stand.

Buchbinder blätterte weiter.

»Bei dem goldenen Band finden wir ein Kapitel des Jesaja-Buches. *Ich will euch trösten*. Diese Zeile ist mit Tinte besonders markiert.«

»Und das Papier ist wie wild zerstochen.«

»Es wirkt, als wenn der Benutzer dieser Bibel voller Wut auf das Buch eingestochen hätte und dann ...«

»Unglaublich ...«, wurden Ludwigs Überlegungen unterbrochen. »Ob das Fanny gemacht hat? Womöglich in ihrem ganzen Grimm, weil man ihr Conrad genommen hat?«

»Aus voller Wut – ja so scheint es. Aber wenn man sich die Seite genauer ansieht, bei der das goldene Band eingelegt ist, dann wirken die Stiche garnicht so willkürlich wie vorne«, sinnierte Buchbinder. »Viel geordneter, übersichtlicher, fast wie nach einem Schema«, ergänzte er und kam aus dem Staunen nicht heraus, als ein einzelnes Blatt aus dem Buch fiel. »Sieht aus wie ein Brief. Da ein Absender. Dort eine Anschrift – aber ... «

»Auch hier jede Menge Einstiche«, setzte Regina Wirth den Gedankengang fort. »Wie heißt der Absender?«

»Einen Moment, das haben wir gleich.« Buchbinder drehte den Briefbogen um. »Br... Braille. Oder so ähnlich. Ja, Louis Braille, wenn ich mich nicht irre. Die Schrift sieht etwas ungelenk aus. Aus irgendeinem Institut. In Paris.«

»Und an wen ist der Brief gerichtet?«

»An ... An einen hohen Herrn, wie mir scheint, wohnhaft im sogenannten *Edelhaus*. In ... In Schwarzenacker.«

»Edelhaus? In Schwarzenacker? – Das liegt auf halber Strecke auf dem Weg nach Zweibrücken. Ein Weg von ungefähr einer Stunde.«

Ludwig Buchbinder und Regina Wirth blickten sich fragend an.

»Soweit ich weiß, hat dort neuerdings ein Österreicher sein Quartier. Ein Delegierter. Ein Begleiter von dem Kaiserlich-Königlich Präsidierenden Gesandten, dem Herrn Grafen von Münch-Bellinghausen, der den Kaiser bei der Ständigen Deutschen Bundesversammlung in Frankfurt vertritt.«

Regina Wirths Gesichtsausdruck war jetzt eine Mischung aus Nachdenklichkeit und Verblüffung.

Zweiter Teil

Steckbrief

Gesucht wegen mehrfachen Mordes

Name: Fanny Heisel (geb. Werner)
Wohnort: Homburg
Geburtsort: Bayreuth
Alter: 20 Jahre

Signalement:

Haar: auffallend rot, lang
Gesicht: oval, blass – Ausdruck: heimtückisch
Augen: blaugrau – Nase: flach – Grübchen am Kinn
Statur: schlank
Sprachen:
bayerisch mit fränkischem Akzent – französisch
unbedachter, ungezügelter, respektloser Tonfall
besondere Kennzeichen:
Muttermal auf der linken Wange

Achtung! – Gemeingefährlich!
Im Umgang mit Hieb- und Stichwaffen versiert!

Der Aufenthaltsort der Gesuchten
ist umgehend zur Anzeige zu bringen!

Die Mithilfe bei den Ermittlungen der Behörden
wird großzügig belohnt!

Die Königlich-Bayerische Regierung
im Rheinkreis
Homburg, April 1832

Sechzehn

Homburg, Sonntag, der 22. April. – »Eindeutig die Handschrift des Kommissärs.« Regina Wirth rümpfte die Nase, als Karl Wilhelm Altorf die Details aus dem Fahndungsblatt vorlas. »Es trieft vor Gehässigkeit, wie Fanny beschrieben ist.«

»Ein ungewöhnlicher Steckbrief«, bestätigte Altorf. »Versetzt mit zahlreichen wertenden Attributen.«

»Und wenn ich diesen Fahndungsaufruf vergleiche mit dem Bild, das Sie uns gezeigt haben, Frau Wirth, dann sollte man davon ausgehen, dass man Ihre Cousine in der Bevölkerung kaum wird erkennen können«, setzte de La Tour hinzu.

Der Franzose und der Hamelner Journalist waren noch am gestrigen Sonnabend eingetroffen. Ihr Erscheinen hatte die seelisch angeschlagene Regina zuerst etwas überfordert. Schließlich war es unumgänglich den Gastgeberpflichten zu genügen, neben Buchbinder nun auch noch die beiden Neuankömmlinge zu beköstigen, sich ihnen zu widmen und ihnen Gelegenheit zu geben, sich von den Spuren der Reisestrapazen zu erholen. Später war Regina dann doch froh, in der gegenwärtigen besonders heiklen Lage die Männer im Haus zu haben. Mit dem guten Leumund ihrer Besucher war ihr nicht bange. Und sie wusste zu würdigen, dass sich auch noch die Kinder exzellent mit dem unerwarteten Besuch verstanden.

Nach wie vor grübelten die Anwesenden über die Morde und über das Verschwinden Fannys, von der man kein Lebenszeichen mehr erhalten hatte. Und während dem Zeitungsmenschen der Zustand der gefundenen Bibel keine Ruhe ließ, versuchten Ludwig Buchbinder und sein Schwiegervater mehr Informationen über Fanny zu erhalten.

»Frau Wirth, Sie haben erwähnt, dass sich Fanny in der Vergangenheit immer mal wieder davongestohlen hat. Könnte das *Edelhaus* in Schwarzenacker das Ziel ihrer heimlichen Ausflüge gewesen sein?«, fragte Buchbinder.

»Das kann ich mir nicht vorstellen«, antwortete die Wirth. »Wie ich schon sagte, das Anwesen befindet sich immerhin in einiger Entfernung. Und was sollte sie da? Auf dem Gutshof arbeiten?«

»Warum nicht?«

»Na, das hätte ich gewiss bemerkt. Sie hat doch hier mehr als genug zu tun. Und dann noch zusätzlich ...? Nach *einstündigem* Fußmarsch? Und nach einer Retoure gleichen zeitlichen Aufwands?«

Buchbinder zuckte mit den Schultern. Das Argument konnte ihn nicht absolut überzeugen.

»Und ich wiederhole mich: Das ist exterritoriales Gebiet der österreichischen Gesandtschaft.«

»Die die Interessen Österreichs respektive den Kaiser beim Frankfurter Bundestag vertritt ... Ich weiß, ich weiß«, murmelte Buchbinder. Da mischte sich de La Tour ein:

»Die dortigen Autoritäten dürften kaum Ihre Freunde sein, habe ich recht?«

»Wir haben mit den Österreichern nie zu tun gehabt. – Was denken Sie?«

Da führte de La Tours Schwiegersohn den Gedanken fort: »Könnte es sein, dass ... dass Ihre Cousine ein Doppelleben führt und gegen Sie intrigiert?«

»Was?«, klang es entsetzt. »Mein Herr, Sie machen mir Angst!«

»Das liegt mir fern, Frau Wirth. Aber können wir diese Möglichkeit wirklich außer Acht lassen? Erzählen Sie uns etwas über Fannys Vergangenheit!«, wurde sie von Buchbinder aufgefordert.

»Fanny. Hm. Fanny habe ich erst vor einem Jahr kennengelernt, ebenso wie meine Tante. Wir waren gerade von Bayreuth nach München umgezogen.«

»... weil Ihr Mann nicht mehr als Advokat arbeiten wollte?«, wurde Regina Wirth von de La Tour unterbrochen.

»Sie wissen gut Bescheid«, antwortete die Wirth mit einem fragenden Blick.

»Das wissen wir lediglich aus den Dokumenten unseres Auftraggebers, des Kasseler Professors.«

»Ach ja, Professor Brandes. Ich verstehe. – Ja, das stimmt. Johann Georg August hatte schon seit längerem mehr Interesse an einer journalistischen Betätigung entwickelt. Sein erster Versuch eine Zeitung herauszugeben scheiterte allerdings. In München hatte er zunächst mehr Glück. In der Zeitschrift INLAND konnte er über die Landtagssitzungen berichten. Darüber war ich ganz froh, denn endlich hatten wir etwas mehr Geld für unsere fünfköpfige Familie zur Verfügung. Mein Mann leitete die Redaktion des Verlegers Cotta. In der dazugehörigen BUCHHANDLUNG FÜR LITHOGRAPISCHE VERVIELFÄLTIGUNGEN UND KUPFERDRUCK trafen wir auf Conrad ...«

In Gedanken an den Verstorbenen schluckte Regina einige Male kräftig, bevor sie fortfuhr:

»Conrad war ... Er war ein sehr zuverlässiger Mitarbeiter, der uns treu geblieben ist, bis ... Bis zuletzt.« Eine Träne rann nun über Reginas Gesicht. Dann berichtete sie weiter:

»Ich selbst war im Buch-, Kunst- und Landkartenhandel beschäftigt, als mich im Frühjahr des letzten Jahres eine Dame aufsuchte. Schon bei unserer ersten Begegnung sah man ihr an, dass es ihr gesundheitlich nicht gut ging. Sie drängte mich zu einem Gespräch unter vier Augen. Dabei gab sie sich als meine Tante aus.«

»... von der Sie bis dato nichts wussten?«, fragte de La Tour dazwischen.

»Nun, ich hatte schon früher mal davon gehört, dass Vater einen Bruder hatte und ... Und dieser Bruder hatte wohl etliche Frauen. Geliebte? Ehefrauen? Ich weiß es nicht. Er war das schwarze Schaf der Familie.« Regina rang sich ein Lächeln ab. Dann wurde sie wieder ernst: »Dieser Zweig der Familie ist totgeschwiegen worden. – Nein, ich wusste bis zu diesem Zeitpunkt nichts von der Existenz meiner Tante und ihrer Tochter Fanny.«

Jetzt mischte sich Altorf ein, der die Bibel und dieses merkwürdige Blatt des Pariser Briefeschreibers weggelegt hatte und nun ein Bild in Händen hielt. Ein Bild, das Fanny und Conrad kurz nach ihrer Hochzeit zeigte. Altorf schien von Reginas Cousine fasziniert zu sein. »Und dann haben Sie Fanny kennengelernt?«, fragte er interessiert.

»Nicht sogleich. Zuerst habe ich mich natürlich zu vergewissern versucht über das, was mir meine vermeintliche Tante offenbart hatte. Und ehrlich gesagt, ich war nicht begierig darauf, die Details zu erfahren. – Es stellte sich heraus, dass es Onkel und Tante nach Wien verschlagen hatte. Fataler Weise hatte sich mein Onkel mit Hausbesitz verspekuliert. Er war ruiniert. Seinen einzigen Ausweg sah er in ... Nun, wenige Monate, bevor Fanny geboren wurde, hat er sich das Leben genommen.«

Jetzt war es heraus. Regina schien erleichtert. Mit einem tiefen Seufzer hatte sie beim Namen genannt, was sie schon so lange belastete. Regina blickte zu Boden, während sie spürte, dass einige Paare großer Augen auf sie gerichtet waren.

»Weiß Fanny ... Ich meine, weiß Ihre Cousine davon?«, stammelte Altorf.

Regina zuckte mit den Schultern. »Es ist nie ein Thema gewesen. Ebenso wenig haben wir jemals darüber gesprochen, dass meine Tante in den folgenden Jahren einem ... einem gewissen Gewerbe nachgegangen ist. Nun, irgendwie musste sie schließlich überleben. Und zusätzlich für ihre Tochter zu sorgen war natürlich nicht einfach. Naja ... Wie das so ist in diesem Milieu ... Als Fanny herangewachsen war ... Nun, über ihre Mutter hat sie sicher einige zwielichtige Gestalten kennengelernt. Eines Tages war sie verschwunden und ist erst wenige Monate, bevor meine Tante mit mir Kontakt aufnahm, wieder aufgetaucht.«

»Das heißt, es könnte sehr wohl möglich sein, dass sich Ihre Cousine dem fahrenden Volk angeschlossen hatte, wie der Kommissär behauptet hat?«, fragte Buchbinder.

»Man kann es wohl nicht ausschließen.« Sorgenfalten zeigten sich auf Reginas Stirn. Derweil fragte Buchbinder zweifelnd: »Wie kam es, dass nach *all den Jahren* ... dass nach dieser langen Zeit Ihre Tante Kontakt mit Ihnen aufgenommen hat?«

»Meine Tante war unheilbar krank. Das war ihr bekannt. Sie hatte über uns in der Zeitung gelesen. Ihre letzte Hoffnung war ... Nun, Fanny war doch erst neunzehn Jahre alt, als sie wieder zu ihrer Mutter zurückkam. Sicher, sie war kein Kind mehr. Und wird einiges erlebt haben. Dennoch hatte meine Tante den Wunsch, dass es ihrer Tochter mal besser gehen sollte. Es war eine Hoffnung, dass der Tochter ein ähnliches Leben wie das der Mutter zukünftig erspart bliebe. Und da war es ein Anliegen meiner Tante, dass wir Fanny in Obhut nehmen würden.«

»... und war das auch Fannys Wunsch?«, warf Altorf ein.

»Fanny ...« Regina musste jetzt grinsen. »Fanny fand es spannend, als sie mitbekam, dass mein Mann zunehmend kritische Fragen in seinem Zeitungsblatt stellte. Und mit seinen oft regierungsfernen Äußerungen erregte er Aufsehen, das selbst König Ludwig nicht verborgen blieb. Als er seine politische Richtung wechselte, wurde seine Berichterstattung in der Cottaschen Zeitschrift verboten. Er gründete die DEUTSCHE TRIBÜNE. Und als ihm die Zensur weiterhin das Leben schwer machte, rief uns Siebenpfeiffer Ende letzten Jahres nach Homburg, wo zu diesem Zeitpunkt noch ein etwas liberalerer Geist wehte, wie Sie wissen. Zeitgleich genoss Fanny ihre erste Liebe mit Conrad ...«

»Ihre *erste* Liebe?«, wurde die Wirth von de La Tour unterbrochen, dessen Bemerkung sie überging.

»... Conrad, den sie alsbald geheiratet hat«, endete sie.

»*Lebenslustig mit hitzigem pfälzischem Temperament* wird Fanny von Professor Brandes in seinem Brief beschrieben.« Fragend schaute Ludwig Buchbinder zu Regina hinüber, die den Kopf schüttelte:

»So hat der Herr Professor Fanny kennengelernt. Er kennt die Hintergründe nicht. – Manchmal denke ich, dass Fanny zwei Gesichter hat. Vielleicht ist ihr vermeintlicher Frohgemut auch nur eine Maske, hinter der sie ihre Verunsicherung und wahren Bedürfnisse zu verbergen sucht.«

»Ich werde den Eindruck nicht los, dass wir in die Geschichte eines *großen* Maskenspiels hineingeraten sind«, murmelte Ludwig Buchbinder. »Deutlich weniger fröhlich, aber mit sehr viel Geheimnisvollem, mit Vortäuschungen und zahlreichen unbekannten Größen.«

»Dazu zählt auch dieses Gestochere in der Bibel«, stimmte Altorf zu, der kurz zur Heiligen Schrift schaute, bevor er seinen Blick wieder auf die Abbildung von Fanny warf.

»Wir sollten zu ermitteln versuchen, welcher Zusammenhang zwischen Ihrer Cousine und diesem *Edelhaus* in Schwarzenacker besteht«, zog de La Tour in Erwägung. »Und das möglichst rasch, bevor die Behörden diese Spur verfolgen. Ihrem Mann und dem Siebenpfeiffer können wir im Moment ohnehin nicht nützlich sein«, fügte er hinzu.

»Warum wollen Sie nach Fannys Aufenthalt forschen?«, fragte Regina unsicher.

»Wünschen Sie das nicht auch, Frau Wirth?«, stellte Buchbinder eine Gegenfrage.

»Was geschieht, wenn Sie Fanny ausfindig machen sollten? Sie wären verpflichtet, sie den Behörden auszuliefern!«

»Ich für meinen Teil bin davon überzeugt, dass Ihre Cousine keine Schuld auf sich geladen hat«, stellte Altorf zunächst bestimmt fest. »Vielleicht bedarf sie unserer Hilfe, die wir ihr nicht vorenthalten dürfen«, fügte er dann beinahe flüsternd hinzu, wobei seine Stimme leicht vibrierte und der Klang an Sanftheit, Zartheit und Unsicherheit zunahm. Es war unverkennbar, dass er wie elektrisiert war, seitdem er Fannys Abbildung in Händen hielt. Ja, es war nur ein Bild. Aber dennoch war er in den Bann von Fannys Augen geraten. Er hätte es nicht erklären können. Diese Augen zogen ihn wie magisch an. Als wenn ihr Feuer ihn verzehren wollte. Es war ein unbeschreibliches Gefühl. Und dann dieses betörende Lächeln. »Wir … Wir werden Fanny finden«, stammelte er nun, wobei er träumerisch wirkte, gedankenverloren und – glücklich. Man konnte sich des Eindrucks nicht erwehren, als wäre dieses Anliegen ab sofort das nurmehr einzig Erstrebenswerte für Altorf.

Während Altorf immer tiefer in einen Strudel von Gefühlsturbulenzen zu geraten schien, war bei Ludwig Buchbinder das Interesse für das Schwarzenacker Edelhaus geweckt. Man verabredete, dass Buchbinder sich auf den Weg begeben sollte, um im Umfeld der österreichischen Gesandtschaft Erkundigungen einzuziehen. Denn schließlich wussten sie erbärmlich wenig. Es war einer der wenigen Anhaltspunkte, die sie hatten. Möglicherweise sogar nur ein Strohhalm. Aber immerhin. Vielleicht hätten sie Glück, wären erfolgreich und könnten den Behörden zuvorkommen.

Siebzehn

Montag, 23. April. Georgi-Tag. – Gemächlich floss der Erbach durch eine sanfthügelige Landschaft in südwestlicher Richtung der Blies zu. Von den angrenzenden Streuobstwiesen leuchtete ein Meer gelber Löwenzahnblüten. Die Knospen der Kirsch- und Apfelblüten öffneten sich bereits. Vereinzelte Blütenblätter segelten im auffrischenden Wind durch die milde Luft.

Fast eine Stunde war Buchbinder schon unterwegs, als er kurz vor der Mündung des Erbachs in die Blies an einer Fischerhütte vorbeikam. Hier, wo der Zufluss der Blies deutlich an Breite, Tiefe und Fließgeschwindigkeit des Wassers zulegte, lag im hohen Schilfrohr des Bachufers ein Kahn versteckt. Buchbinder war nur deshalb auf ihn aufmerksam geworden, weil sich urplötzlich ein großer langbeiniger silbergrauer Vogel aus seiner Deckung erhoben hatte. Aufgeschreckt hatte der Reiher einige wenige Male seine Schwingen eingesetzt, bevor er sich schon bald wieder niedergelassen hatte. Von einem Steg aus, der durch den Schilfgürtel ans Wasser zu führen schien, musterte das Tier den Ruhestörer. Kurz beobachtete Buchbinder das neugierige Verhalten des Vogels, der auf schwankendem Untergrund stand. Dabei entpuppte sich die vermeintliche Anlegestelle als ein

Zusammenbund mehrerer mannslanger Baumstämme, einem kleinen Floß ähnlich.

Aus seinen Betrachtungen wurde Buchbinder gerissen, als er von weiter vorne hektische Betriebsamkeit gewahrte. Er passierte den Zusammenfluss von Erbach und Blies und stieß auf eine Gruppe von Männern, die mit langen Flößerstaken etliche Baumstämme durch die jetzt reichlich Wasser führende Blies trieben. Nun zeigte sich das Wasser aufgewühlt. Stellenweise schwappten Wellen bis über den Rand der Uferböschung und hinterließen Pfützen auf dem Treidelpfad.

Laute kurze Kommandos begleiteten die harte Arbeit der Männer. Buchbinder grüßte höflich, erhielt allerdings meist nur grimmige Blicke der Floßknechte zur Antwort. Nur ein Aufseher wandte sich ihm zu und bedeutete ihm stehenzubleiben.

»Wohin führt die Trift?«, fragte Buchbinder – bemüht, um mit dem Aufpasser ins Gespräch zu kommen.

»Bist nicht von hier, was? – Würdest sonst wissen, dass nur die Bazis von *Trift* sprechen. Wir sind Flößer.«

»Und wohin *flößen* Sie das Holz?«, versuchte es Buchbinder erneut.

»S'ist Holländerholz«, antwortete der Flößer nicht ohne Stolz. »Wir führen es über die Blies der Saar zu. Von dort geht's – allerdings erst im nächsten Jahr – in die Mosel und dann über den Rhein nach Holland. Für den Schiffsbau«, fügte er hinzu, als ein jüngerer der Helfer zu ihm trat.

»Vater, wir haben es doch eilig!«, drängelte er.

»Hast recht, Paul.« Und an Buchbinder gerichtet erklärte er: »Das Holz muss schnellstmöglich nach Saarbrücken. Dort wird es zwischengelagert. Aber wir sind in Verzug. Denn heute ist Georgi, und da hat die Flößerei für uns leider ein Ende. Also, guter Mann ...«

»Ich will auch nicht weiter stören«, erwiderte Buchbinder schnell. »Aber werfen Sie doch bitte noch kurz einen Blick auf ... Haben Sie diese Frau schon mal gesehen?« Buchbinder hielt dem Flößer den Steckbrief unter die Nase.

»Was, eine Mörderin? – Ich muss doch sehr bitten!« Als sich der Flößer empört abwandte, blickte sein Sohn neugierig auf, grinste anzüglich und vollzog eine obszöne Handbewegung.

»Frag mal da drüben im Edelhaus nach«, spottete der Flößer abschließend. »Da sitzen die Österreicher. Die sind ganz scharf auf solch kriminelles Gesindel! – Wir müssen uns um unsere Bäume kümmern.« Und mit vorgehaltener Hand fügte er hinzu: »Wenn die Saison vorbei ist, werden wir Freiheitsbäume schlagen. Demnächst werden wir gewiss auch per Steckbrief gesucht«, lachte er kurz. Dann übernahm er wieder sein Kommando.

Buchbinders Schuhwerk war vom morastigen Erdreich des Treidelpfades erheblich verschmutzt, als er kurze Zeit später den gepflasterten Grund der Chaussee nach Zweibrücken querte. Das Glöckchen an der Turmuhr eines hochherrschaftlichen Hauses schlug zur elften Stunde. Buchbinder hatte sein Ziel erreicht. Er ließ den Blick über den Putz des zweistöckigen Hauses in seinem barockgelben Farbton schweifen. Kurz dachte er an die Zeit, als er als Jungvermählter mit seiner Frau und seinem Schwiegervater vor einer Einziehung in die Armee Napoleons geflohen war. Nach Roussillon hatte es ihn geführt, in die Provence, die Heimat seines Schwiegervaters. In den dortigen Gruben wurde das Gemenge abgebaut, aus dem die begehrten Ockerfarben gewonnen wurden. Von Marseille aus wurde das Material in alle Welt verschifft. Und jetzt war es hier. Er bestaunte den typischen Farbton an diesem Adelssitz.

Das schmiedeeiserne Tor zu einer gepflegten Gartenanlage stand einladend offen. Dennoch wagte sich Buchbinder nur zögernd auf das Gelände, das mit den unendlich vielen farbenfrohen Frühlingsblühern den Besucher anlockte. Kieswege durchzogen die zahlreichen mit Buchshecken begrenzten Rabatten. Eine friedliche Ruhe, die nur gelegentlich von einem Pferdeschnauben und dem Gewinsel eines Hundes unterbrochen wurde, breitete sich über den kleinen Park aus.

An der Ostseite öffnete er sich zu einem weiteren Areal mit merkwürdigen altertümlichen Gebilden. Die beiden Seiten des rechteckig angelegten Gartens begrenzten Remisen und andere Wirtschaftsgebäude, an deren Rückseite unzählige Rosenstöcke gepflanzt waren. Dazwischen luden in regelmäßigen Abständen montierte Bänke zum Verweilen ein. Zwar spürte Buchbinder ein gewisses Unbehagen, weil er in dieses private Reich eindrang. Gleichzeitig wurde er jedoch angezogen von der Pracht dieses baulichen Kleinods. Sein Schwiegervater würde später einmal feststellen, dass es ihn sehr an das Wiener Schloss Schönbrunn erinnerte – natürlich nur »en miniature«. De La Tour hatte die kaiserliche Residenz vor etlichen Jahren bewundern können, als er dort in den Jahren 1805 und 1809 als Oberst der Grande Armée einquartiert war.

Um kurz zu rasten, war Buchbinder versucht, eine der mit filigraner Ornamentik geschmückten eisernen Bänke in Beschlag zu nehmen. Da gewahrte er, wie sich unterhalb der Freitreppe am rückseitigen Hauptportal des Edelhauses eine schmale Tür öffnete und ein Bediensteter hinaustrat. In der Kluft eines Ackermanns trat der silberhaarige Mann in schlurfenden Schritten auf ihn zu.

»Sie sind der Erste in diesem Jahr, der wohl zum Grabungsfeld möchte, wie mir scheint?« Es war mehr eine Feststellung als eine Frage. Der Alte schien bei dem Gedanken an das nachbarschaftliche Treiben nicht allzu beglückt zu sein.

»Grabungsfeld? – Nein. Ähm. Ich bin Tiermediziner. War im Gestüt in Zweibrücken und bin auf der Durchreise nach Homburg. Da ließ ich mich von diesem herrlichen Anwesen zu einem Abstecher verleiten«, gab Buchbinder vor.

»So, so.« Der Blick des Alten auf Buchbinders unansehnliche Schuhe drückte Skepsis aus. Und auch sein Tonfall ließ Zweifel hören, Zweifel und Ironie:

»Tiermediziner, sagen Sie? Na, da kommen Sie gerade recht. Eins meiner Pferde lahmt.«

»Darf ich's mir ansehen?«, bot Buchbinder seine Hilfe an.

Der Alte zögerte, musterte den Fremden noch einmal von Kopf bis Fuß und führte ihn schließlich schweigend zu einem der Pferdeställe.

»Ist ziemlich störrisch, der Hengst«, beliebte es ihm nun zu sagen.

Buchbinder nahm behutsam Kontakt mit dem Tier auf und schien dem Pferd flüsternd zuzureden, das sich rasch beruhigen ließ. Er hielt dem Tier einen Kübel mit Futter hin, reichte in einem Holztrog Wasser und wandte sich endlich einem der hinteren Beine des Pferdes zu. Derweil wurde er von dem Alten kritisch beäugt. Schnell hatte Buchbinder das Malheur entdeckt. Mit einem Kratzer entfernte er einen scharf gerandeten tönernen Splitter aus der Hornhaut des Pferdes und reichte dem verdutzten Alten die Scherbe mit einem Lächeln.

»Sieht aus wie ein Teil von diesen alten Amphoren«, knurrte der Alte, der verdrießlich zu den Ausgrabungen blickte. Dann strich er dem Pferd über die Nüstern. »Bin eben nicht mehr der Jüngste, um die schwere Arbeit zu tun«, murrte er und wies nun mit einer Armbewegung auf seinen Besitz. »Habe kaum Personal, um das alles in Schuss zu halten, um das Land zu bestellen, den Garten zu pflegen, das Haus, die Tiere. Jetzt hat mich der Pferdeknecht auch noch im Stich gelassen. Hat es vorgezogen, sich mit den Flößern auf Reisen zu begeben.«

»Mit den Flößern? Habe einige unterwegs getroffen. Wie es hieß, ist die Saison doch nun zu Ende?«

Der Alte nickte: »Werden ihren Verdienst dann sicher erst einmal versaufen. Große Feier. Auf der Haardthöhe bei Neustadt.«

»Hm. Ich habe davon gehört. Es scheint viele Menschen anzulocken, dieses Hambacher Fest.«

Wieder nickte der Alte. »Mit seinen schwarz-rot-goldenen Bannern ist er weggegangen, der Knecht. Naja. Bin ja eigentlich ganz froh, dass er mit diesem neumodischen Kram verschwunden ist. Wurde von meinem Gast, dem Österreicher, garnicht gerne gesehen. – Nur ich. Ich kann hier nicht weg. Wer sollte sich schließlich kümmern? Das Areal von drei Tagwerken und etlichen Dezimalen will schließlich bewirtschaftet werden.«

»Wie? Das schaffen Sie alles mehr oder weniger alleine?«

»Zusammen mit meiner Frau. Aber ich denke, wir werden nicht umhin kommen, den Besitz bald zu versteigern.« Der Alte seufzte, während er sich auf eine Mistgabel stützte. Die drohende Veräußerung des Gutshofs schien ihm nicht leicht zu fallen.

»Ist das ... Ist das alles *Ihr* Eigentum?« Buchbinder war beeindruckt.

»Familienerbe der Stübers. Aber was soll man machen, wenn keiner mehr die Arbeit tun will. Auch die Nachkommen haben kein Interesse. Wenn der Österreicher eines Tages wieder abberufen werden sollte ...« Der alte Stüber wies auf das Edelhaus.

»Von Hofstaller?« Buchbinder nannte den Adressaten aus dem Brief, den man bei Fannys Unterlagen gefunden hatte.

Stüber nickte bestätigend. »Christian Otto von Hofstaller. Aus Wien. Kennen Sie den?«

»Nicht persönlich. Nein, ich hörte davon. Soll aber doch noch gar nicht so lange seinen Aufenthaltsort hier aufgeschlagen haben, oder?«

Kurz zog der Alte eine seiner buschigen Augenbraue in die Höhe und raunte schwer verständlich: »Erst seit Januar. Aber man weiß ja nie, woran man ist mit diesen Gesandtschaften.«

Der Alte hatte einen zerknirscht wirkenden Gesichtsausdruck, als er anschließend seinen Blick über die Gartenanlage schweifen ließ und grantelte: »Sicher wird das Grabungsgebiet noch weiter ausgedehnt. Und dann geht das alles den Bach runter.«

»Meinen Sie, man wird auch hier graben?« Buchbinder war irritiert, aber auch neugierig.

»Von Zweibrücken kommen ständig irgendwelche Leute, die alte römische Relikte ausbuddeln. Sollten besser die Toten ruhen lassen. Wer interessiert sich schon für den alten Kram? Kann man sich zudem schwerlich von ernähren. Aber die Grabungsleiter, die finden merkwürdigerweise immer irgendwelche Helfer. Nur ich. Ich kann sehen, wo ich bleibe.«

»Aber, Sie sagten, in diesem Jahr wurde noch nicht wieder gegraben?«

»Nein, noch nicht. Das heißt, in den Wintermonaten kommt schon auch jemand mal vorbei. Aber nur, um den Abraum zu durchwühlen.«

»Haben Sie ...« Buchbinder griff in eine Tasche und kramte den Steckbrief hervor. »Haben Sie unter den Leuten vielleicht diese Frau gesehen?«

»Diese Frau? Nein, *die* habe ich hier noch nie gesehen. Ist wohl auch besser so, wenn sie wegen Mordes gesucht wird.« Noch einmal blickte Stüber auf das Fahndungsblatt und wurde spürbar abweisend. »Sind Sie etwa *deswegen* hier?«

Der Alte wandte sich von Buchbinder ab, ging einige Schritte und drehte sich dann nochmal um. Mit der Mistgabel in der Hand sah es aus wie eine drohende Geste, als er jetzt erbost sprach: »Tiermediziner, was? – Sind's wohl hinter dem Mädel her, wie? Wollen die Belohnung haben, stimmt's? Sollten besser was schaffen und das Geld *verdienen*!«

Stüber zog maulend davon und ließ einen konsternierten Buchbinder zurück. Der Gesinnungswandel des Alten und das abrupte Ende der Begegnung hatten ihn arg überrumpelt. – »Und immer noch keine Spur von der Heisel«, resümierte er kopfschüttelnd, und enttäuscht seufzte er: »Es wäre auch *zu* einfach gewesen.«

Achtzehn

Während Buchbinder das Gelände des Gutshofes verließ und unschlüssig noch einige Schritte über das Grabungsfeld unternahm, sah sich de La Tour erfolglos in Homburg im Umfeld des ermordeten Stallmeisters Wulf Bernauer um. Derweil betrat Regina Wirth ihre Wohnung, legte ungeduldig ihren leichten Umhang ab und schleuderte ihren wie eine Haube geformten Strohhut, den sie meistens außerhäusig trug, auf das Klafter Brennholz, das sich noch immer im Eingangsbereich der Wohnung befand. Missmutig schüttete sie auf dem Tisch in der Stube einen halbgefüllten Geldbeutel aus. Es waren nur eine Hand voll Kreuzer und einige wenige Gulden bei ihrer Straßensammlung zusammengekommen. Seitdem vom verbotenen *Pressverein* keine finanzielle Unterstützung mehr floss, hatte die Wirthsche zu diesem Mittel gegriffen, um sich etwas Geld zu erbetteln. Auf ihre Ersparnisse wollte sie nur im äußersten Notfall zurückgreifen. Es wurde höchste Zeit, dass ihr Mann nicht nur politisch Kritisches sondern auch wieder etwas schriftstellerisch Erbauliches zu Papier brachte, das bedenkenlos zur Veröffentlichung an ihren Verleger gegeben werden konnte. Der Kontakt zu Cotta bestand noch. Aber glücklicherweise gab es eine Reihe ihr wollgesonnener

Mitbürger, die sonst das Geld für den Erwerb der DEUTSCHEN TRIBÜNE aufbrachten. Jetzt gaben sie es als Almosen. Und das ließen sie leider das ein oder andere Mal auch Regina spüren. Ein jeder wusste inzwischen von den Verdächtigungen gegenüber Fanny. Und natürlich kam es dadurch gelegentlich zu wenig freundlichen Begegnungen mit der Wirth, der als Verwandte der gesuchten Mörderin Ablehnung, Häme oder geheucheltes Mitleid entgegengebracht wurde.

Die beeinträchtigte Stimmung Reginas wurde jedoch durch ein beinahe euphorisches Gebaren des Hamelner Journalisten aufgehellt:

»Es ist wie ein Code, den ich geknackt habe! – Zumindest teilweise!«, jubelte Altorf, der sich in den vergangenen Stunden unermüdlich mit der merkwürdigen Perforierung in Fannys Bibel und in dem sonderbaren Brief auseinandergesetzt hatte. In den Lochungen der letzten Bibelseiten hatte er ein Muster erkannt. Eine Folge von Einstichen, die immer präziser vorgenommen worden waren.

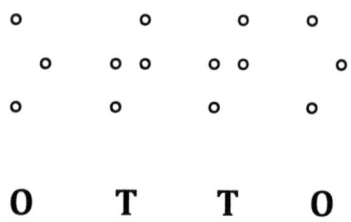

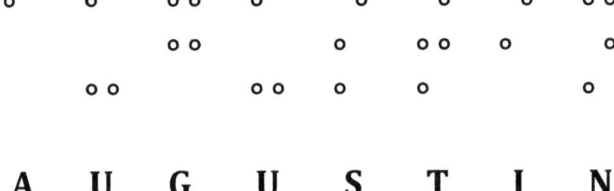

A U G U S T I N

Altorf hatte eine Liste von Lochkombinationen erstellt und versucht, diese durch Buchstaben zu ersetzen.

»Zwei Namen! Immer wieder zwei Namen! – Hier, sehen Sie:

Otto und *Augustin*. Ständig wiederholen sich diese Namen. *Otto* und *Augustin*«, wunderte sich Altorf.

»Mit *Otto* verbinde ich nichts. Außer, dass der Name Bestandteil ist von Christian <u>Otto</u> von Hofstaller. Dem Österreicher aus dem diplomatischen Korps, der im Edelhaus residiert«, versuchte sich die Wirth in einer Erklärung.

»Und *Augustin* kommt im Namen Ihres Mannes vor«, fügte Altorf an. Allerdings erhielt er ein Kopfschütteln der Wirth zur Antwort.

»Das kann ich mir nicht vorstellen, dass hier ein Zusammenhang besteht. *Johann Georg August* ist der Name meines Mannes. *Augustin* hat ihn wohl noch nie jemand gerufen. – Was ist mit den Lochzeichen in dem Brief von diesem ... von diesem Braille? Lässt sich daraus ein Hinweis, vielleicht eine Botschaft erschließen?«

»Kaum«, seufzte Altorf, dessen Hochstimmung schwand. »Das wirkt alles ziemlich verunstaltet. Fast, als wenn es bewusst unkenntlich gemacht worden wäre. Der einzige Anhaltspunkt, den wir haben, ist der Österreicher.« Er dachte an Fanny. Wieder hatte er seine Gedanken nur bei dieser Frau. »Ich denke, ich sollte mich auch auf den Weg zum Edelhaus begeben. Vielleicht treffe ich Buchbinder unterwegs. Möglicherweise können wir gemeinsam etwas in Erfahrung bringen.«

»Bevor wir hier untätig herumsitzen. Warum nicht? – Ich muss mich um die Kinder kümmern«, stimmte Regina Wirth dem Vorhaben Altorfs zu.

Buchbinder und Altorf hatten verschiedene Wege benutzt und verpassten sich. In dem Moment, als die Wirth ihren beiden anderen Gästen die letzten Erkenntnisse Altorfs erläuterte, zeigte der Hamelner Zeitungsmann dem Besitzer des Schwarzenacker Gutshofs das Bild, das Fanny und Conrad kurz nach ihrer Eheschließung abbildete.

Ja, die Frau sei ihm bekannt, bestätigte der alte Stüber diesmal bedeutend auskunftsfreudiger. Er habe sie vor etlichen Wochen einige Male auf dem Grabungsacker entdeckt. Sie hatte ihm zu verstehen gegeben, dass sie sich ein Zubrot verdienen müsste. Allgelegentlich, wenn ein Schlachttag anstünde, würde sie ihm helfen. Keine vermochte so hervorragende Grieweworscht und Läwwerknepp herzustellen wie sie. Niemand könne mit mehr Geschick den Saumagen füllen, obwohl sie zweifelsohne nicht aus der Gegend stammte. Und keine Helferin sei so fleißig und flott bei der Hand, zollte der Alte Anerkennung. Seine Frau wünschte sogar, dass die Wernersche, so hätte sie sich vorgestellt, ihr häufiger behilflich sein möge. Doch seit Kurzem sei sie merkwürdigerweise nicht mehr erschienen. – Nein, er wisse nichts davon, dass die Fremde polizeilich gesucht werde. Und er könne sich auch nicht vorstellen, dass die Gesuchte etwas Unrechtmäßiges getan habe. Entschieden wehrte er ab, als ihm der Steckbrief gezeigt wurde.

»Ob ich wohl mal bei Ihrem österreichischen Gast vorstellig werden und Erkundigungen einziehen dürfte?«, fragte Altorf zögernd.

»Was? Bei dem Herrn von Hofstaller? – Nein, ausgeschlossen! Der hohe Herr legt sehr viel Wert auf Abgeschiedenheit und Diskretion! Das erfordert sein diplomatischer Status.«

»Hm. Seine Ausnahmestellung will ich wohl gerne respektieren«, zeigte Altorf Verständnis. Allein ... Die Gesuchte sei eine Bekannte, gab

Altorf nun vor, die seit einigen Tagen vermisst werde. Und aus einigen ihrer Unterlagen gehe eindeutig hervor, dass sie und der Österreicher sich nahestünden.

»Was? Sie meinen, die Wernersche und der Herr hätten miteinander ... Das ist undenkbar!«, schüttelte Stüber den Kopf. »Wenn Sie so etwas unterstellen, muss ich Ihnen dringend nahelegen, uns nicht weiter zu behelligen!«

Der Alte wurde ungehalten. Doch Altorf ließ sich nicht abwimmeln.

»Hören Sie, ich möchte keinen Skandal provozieren. Aber ich kann Ihnen mit einem Brief beweisen, dass sich unsere ... *gemeinsame* ... Bekannte und der Herr von Hofstaller kennen *müssen*. Hier, dieser Brief ist eindeutig an den Herrn von Hofstaller im Edelhaus adressiert.«

Altorf kramte aus mehreren Unterlagen den Pariser Brief hervor, zeigte dann allerdings lediglich das Adressfeld des merkwürdigen Schreibens. Kurz warf der alte Stüber, den die anderen Unterlagen Altorfs viel mehr zu verblüffen schienen, einen Blick auf den Brief. Schon wurde er unschlüssig. Nach seiner anfänglichen rigorosen Ablehnung war ihm nun nurmehr ein Unbehagen anzumerken, als er zu verstehen gab:

»Warten Sie hier. Ich werde schauen, was sich machen lässt. Aber ich kann nichts versprechen.«

Mit diesen Worten ließ er Altorf für eine kleine Weile im Garten stehen. Als er zurückkehrte, forderte er ihn auf, ihm zu folgen. Durch einen Nebeneingang führte er Altorf in eine Diele. Spärlich beleuchtet waren einige schmale Korridore, die an Kammern mit verschlossenen Türen vorbeiführten.

»Sie befinden sich jetzt auf österreichischem Gebiet«, wurde Altorf auf den besonderen Status des Aufenthaltsortes hingewiesen. Bei dieser Ermahnung schwang etwas Geheimnisvolles mit, das bei Altorf ein bisher unbekanntes Empfinden verursachte. Behutsam wurde eine Türe geöffnet. Nun stand der Journalist in einem prachtvollen, hell erleuchteten Raum. Geschickt platzierte Spiegel ließen diesen fensterlosen Saal überaus groß erscheinen. Der Alte ließ ihn allein. Wie auf Zehenspitzen schlich er über das blank geputzte Parkett davon.

Es verging einige Zeit, in der sich Altorf Bilder ansah. Die Gemälde dieser Galerie waren überwiegend Landschaftsmalereien ihm unbekannter Künstler. Sie hingen alle an einer Wandseite, während von der gegenüberliegenden Seite des Raumes mehrere Türen abgingen. Von Ferne war eine Melodie zu hören. Ein bekanntes, sich ständig wiederholendes Motiv. Mozarts ZAUBERFLÖTE erkannte Altorf in dem musikalischen Thema. Die Töne klangen wie von einer Spieluhr produziert.

Da erschien eine junge Frau in einem unscheinbaren schwarzen Kleid. Vorgebunden war eine gestärkte weiße Schürze. Das etwa fünfzehnjährige Mädchen, das sich als Nichte des Hofbesitzers Stüber vorstellte, trug ein weißes Spitzenhäubchen und lächelte ihn an.

»Herr von Hofstaller lässt bitten.«

Altorf trat in einen Raum, der mit kostbaren roten Teppichen ausgelegt war. Nachdem sich die Bedienstete zurückgezogen hatte, sah sich der Journalist um: Von der Decke hing ein auffallend großer verzierter Lüster mit zahlreichen brennenden Kerzen herunter. Darunter dominierte ein Billardtisch. An den mit bräunlich gemusterter Tapete versehenen Wänden stand edles Mobiliar. Samtgepolsterte Hocker. Reichverzierte Tischchen. Zwischen den drei Flügeltüren, die in diesen Raum führten, hingen Gemälde, auf denen Jagdszenen abgebildet waren. Altorf nahm Zigarrenrauch wahr. Und die Spieluhr drang nun noch volltönerner an sein Ohr.

Da vernahm er aus mehreren Richtungen ein unerwartet klapperndes und sogar quietschendes Geräusch, während sich die Flügeltüren wie von Geisterhand schlossen. Er reagierte zu spät. Ein leises Schnarren von einem Schließmechanismus. Zunächst. Deutlich bedrohlicher wirkte das Knallen, als Riegel vorgelegt wurden. Dreimal in rascher Folge. Einer Salve gleich.

Neunzehn

Homburg, Dienstag, 24. April. – Johann August Wirth stürmte in seine Wohnung: »Ritter weigert sich, eine neue Ausgabe der TRIBÜNE zu drucken!« Mit einem heftigen Schlag beförderte er ein dünnes Büchlein auf den Tisch.

»Wundert dich das?«, fragte seine Frau Regina, während sie ihm einen Mantel und sein Reisegepäck abnahm.

»Er hat einen Vertrag zu erfüllen!« Wirth wies mit einem Kopfnicken auf das Büchlein. »Einen Vertrag, den er mit dem *Pressverein* abgeschlossen hat. Immer zuverlässig. Auf einmal weigert er sich jedoch.«

»Das kannst du ihm kaum übel nehmen.« Regina Wirth war bemüht, auf ihren aufgebrachten Mann beruhigend einzuwirken. »Der *Pressverein* ist verboten. Der Druck deiner unzensierten Manuskripte wird mit fünfjährigem Berufsverbot bestraft. Du kannst ihn nicht zwingen.«

»Ich werde klagen. Gegen seinen Vertragsbruch!«

»Mach dich nicht lächerlich. Du und Siebenpfeiffer. Ihr seid lange genug mit der Rechtsprechung vertraut und solltet wissen: Kein Gericht der Welt wird einer Klage stattgeben, wenn du jemanden zwingst, etwas Illegales zu tun.«

»Dann wird die TRIBÜNE vom 21. April die letzte Ausgabe gewesen sein. Dann sind wir am Ende mit unseren Idealen!«

Wirth schien zu resignieren.

»Papperlapapp«, entgegnete seine Frau. »Was machen die Festvorbereitungen?«

»Alles geht seinen Gang. Aber langsam wird mir unheimlich, wenn ich höre, welche Menschenmassen schon jetzt unterwegs sind. In Neustadt ist kaum mehr ein Quartier zu bekommen. Ich weiß nicht, ich weiß nicht. Hoffentlich gleitet uns die Durchführung dieses Festtags nicht aus den Händen. – Wo ist Fanny? Siebenpfeiffer wartet auf Anregungen für seine Rede.«

»Das ist alles, was dir einfällt?« Erbost machte Regina Wirth nun Vorhaltungen: »Du hast nicht mal nachgefragt, wie es ihr geht. Nach Conrads Tod.«

»Wie geht es ihr?«

»Mein lieber Mann ...« Die Wirthsche schüttelte verständnislos den Kopf und schnaubte: »In den letzten Tagen ging es hier drunter und drüber. Und das Schlimmste ist bei weitem noch nicht ausgestanden. Hast du nichts davon erfahren, dass Fanny polizeilich gesucht wird?«

»Was? Fanny? Was ist mit Fanny? Und was ist mit Conrads Mörder? Hat Haag etwa *Fanny* die Schuld an Conrads Tod in die Schuhe geschoben?«

»Eins nach dem anderen, Doktor Wirth.« So sprach Regina ihn meistens an, wenn sie verärgert über sein Verhalten war.

»Wir haben eine Menge zu besprechen. Und reiß dich zusammen. Wir haben Besuch. Besuch, der von weither angereist ist, um sich in unseren Dienst zu stellen. Also: Sei ein würdiger Gastgeber!«

Während Regina Wirth ihren Mann mit den Hamelner Besuchern bekannt machte, wurde zwei Straßen weiter ein Gassenjunge mit einer Aufgabe betraut. Der begab sich auf den Weg zur Wirthschen Wohnung, nachdem er eine Münze in Empfang genommen und sie rasch in eine seiner Hosentaschen hatte verschwinden lassen.

Und zur gleichen Zeit ging eine Order, die ursprünglich als Beschwerdenote vom Frankfurter Bundestag an die Regierungskollegen in Speyer gerichtet gewesen war, bei verschiedenen Gerichten im Rheinkreis ein. So auch in Neustadt und in Zweibrücken. Der dort zufällig anwesende Landkommissär Haag nahm sie mit einem süffisanten Lächeln entgegen.

»So so. Professor Brandes hat Sie also entsandt, um Siebenpfeiffer und mir beschützend zur Seite zu stehen. Aber um Ihre Fähigkeiten ist es wohl nicht besonders gut bestellt, wie mir scheint.

Oder konnten Sie etwas bewerkstelligen, da man der Cousine meiner Frau so übel mitspielt?«

Wirth wippte seine kleine Tochter auf dem Schoß. Sie sah lustig aus mit ihrem in schwarz-rot-goldenen Farben gestrickten Mützchen auf dem Kopf. Wirth hatte es unterwegs in einer Manufaktur erstanden, wo man auch andere Alltagsgegenstände in den drei Farben produzierte.

Die beiden Söhne sahen kurz auf, als sie den Vater derart verbittert und mit einer Spur von Boshaftigkeit und Hohn reden hörten. Sie waren zusammen mit Buchbinder und de La Tour im Begriff gewesen, Karten für ein Mittagsmahl beim Hambacher Fest auszuschneiden. Ein Gulden und fünfundvierzig Kreuzer, leider ein horrender Preis, sollten für eine Essensration entrichtet werden, wenn man sich als Teilnehmer des bevorstehenden Volksfests beköstigen lassen wollte.

»Deine Kritik an unseren Gästen ist ungerechtfertigt«, wies die Wirth ihren Mann mit überraschender Schärfe zurecht. »Zum einen waren sie noch garnicht hier, als das mit Fanny geschehen ist. Zum anderen bin ich froh, dass sie mir und den Kindern in den letzten schweren Stunden beigestanden haben. Ich habe mit den Problemen schließlich alleine fertig werden müssen«, kritisierte sie.

»Außerdem besteht unser wesentlichster Auftrag lediglich darin, Sie zur Mäßigung und zum bedachten Tun anzuhalten. Keineswegs wollen wir Ihnen in Ihrem ehrenwerten Engagement in die Quere kommen«, versuchte de La Tour zu besänftigen.

»Tut mir leid«, entschuldigte sich Wirth. »Ich fürchte, im Moment wächst mir alles ein wenig über den Kopf. – Also: Wie gedenken Sie, Siebenpfeiffer und mir beizustehen?«, lenkte Wirth ein.

»Zum einen sollten Sie uns erst einmal in Kenntnis setzen über den Stand der Festvorbereitungen und über die Pläne zur Durchführung der Feierlichkeiten, Doktor Wirth«, sprach de La Tour. »Vor allem sollten Sie uns Ihre Einschätzungen wissen lassen, ob und zu welchem Zeitpunkt Sie eine besondere Gefährdung für sich und die Festteilnehmer sehen. Kann das Fest möglicherweise durch Gewalttätigkeiten von wem auch immer missbraucht werden?«

»Zum anderen sehen wir immer noch der Rückkehr unseres Begleiters Altorf entgegen«, ergänzte Buchbinder. »Ich habe da ein ungutes Gefühl, was die Rolle der Österreicher angeht.«

»Nun, die Rolle der Österreicher ist klar, denke ich. Die wünschen uns zum Teufel«, stellte Wirth fest.

»Umso mehr drängt es mich, diesen Gutshof in Schwarzenacker und die im Edelhaus einquartierte Delegation zu observieren. Vor allem frage ich mich, welche Bewandtnis es mit diesem Gestein und den Metallspitzen auf sich hat, die bei Ihrer Verwandten gefunden worden sind.«

Buchbinder erhob sich und griff in einen Korb, der sich auf einer Kommode befand. Als er die ungewöhnlichen Gegenstände in Händen hielt, meldete sich Wirths sechsjähriger Sohn Franz Ulpian zu Wort:

»Das hat Fanny gefunden. Es ist uralt, hat sie gesagt.«

»Aha.« Buchbinder wunderte sich. »Hat sie vielleicht auch verraten, woher sie diesen Fund hat?«

»Fanny und ich. Wir waren doch auf so einem Acker, wo es ganz viele von diesen weißen Säulen gibt. Die sehen sehr schön aus, obwohl sie schon etwas kaputt sind. Da gibt es Mauern. So Fun ... Funda ...«

»Fundament-Reste«, fiel Max seinem Bruder ins Wort.

»Da gibt es viele Gräben. Und alte Backöfen, hat Fanny gesagt. Und man kann uralte Teller und sogar Waffen finden. Das da sind Speerspitzen, hat Fanny gesagt.«

»Und weißt du noch, wo ihr diese Dinge gefunden habt? War da ein schönes großes Haus und ein Garten mit vielen Blumen?«

»Blumen habe ich da keine gesehen. Aber ein schönes Haus. Stimmt. Das war in der Nähe. Wir mussten eine lange Wanderung machen, um dahin zu kommen. Das war spannend. Fanny hat gesagt, dass es da viele geheime Gänge gibt.«

»Keine Blumen. Klar, war ja wohl auch noch Winter«, grummelte Buchbinder, bevor er den kleinen Wirthschen Sohn erneut befragte: »Hat Fanny dir diese Gänge gezeigt?«

»Nein, sie hat nur gesagt, dass man in einen Brunnen klettern muss. Aber das ist gefährlich. Man kann sich schnell verlaufen, wenn man sich nicht auskennt. Hat sie gesagt. Sie ist wohl schon mal hineingeklettert und ...«

»Ich bin auch schon mal unten gewesen«, ergänzte Max. Man braucht dazu ein Seil. Aber ich bin nur einige Schritte weit gegangen. Dann wurde der Gang immer enger und man hätte kriechen ...«

Max wurde in seiner Schilderung unterbrochen, als es an der Wohnung heftig klopfte und ein kleiner Junge ein Briefkuvert abgab. Dann rannte der Bote schnell davon.

»Für Sie, de La Tour«, sagte Wirth und reichte den Brief weiter.

»Nun, die Schrift kenne ich«, wunderte sich der Franzose, entfaltete ein edles Papier und las, derweil sich sein Gesichtsausdruck verfinsterte. Er wechselte einen auffordernden Blick mit der Wirthschen, die ihn sofort verstand. Offensichtlich war es notwendig, sich mit den Kindern zurückzuziehen. Dann informierte de La Tour über die von Altorf verfasste Notiz:

Sorgen Sie sich nicht! F. H. und mir, uns geht es gut! – Mit OTTO und AUGUSTIN war ich auf der richtigen Spur. – Geben Sie acht auf S. und W.! Es stehen unruhige Tage bevor!

K. W. A.

»Viele Abkürzungen. Wenig Konkretes. Und dennoch unmissverständlich. – Vorsichtsmaßnahmen, falls die Nachricht in falsche Hände geraten sollte.« De La Tour übergab das Papier der heißen Glut eines Kohlebeckens. Kurz züngelte eine Flamme auf und hinterließ Augenblicke später nur noch ein Häuflein Asche.

»Ob er zu dieser Mitteilung gezwungen worden ist?«, fragte Buchbinder besorgt.

Sein Schwiegervater hob die Schultern. Auch ihn hatte die knappe Unterrichtung nicht beruhigt – im Gegenteil: Eher hatte ihn eine drängende Unruhe erfasst. Dabei war alles Spekulieren müßig. De La Tour versuchte, sein Unbehagen zu ignorieren und wandte sich seinem Gastgeber zu: »Was gedenken Sie nun zu tun, Herr Wirth?«

»Ich treffe mich morgen mit Siebenpfeiffer in Zweibrücken.« Wirths Antwort fiel sehr bestimmt aus. Energisch. Fast ein wenig schroff. Und mit Nachdruck ergänzte er: »Die Festvorbereitungen fordern unsere uneingeschränkte Aufmerksamkeit. Es gibt kein Zurück.« – Johann Georg August Wirth meinte es ernst.

Zwanzig

Mittwoch, 25. April. – Ernst meinte man es auch im Landkommissariat. Entgegen der ursprünglichen Planung war Siebenpfeiffer nach Homburg gereist. Zusammen mit Wirth war er in die Behörde zitiert worden. Dort wurde ihnen vom Kommissär eine Verordnung ausgehändigt. Der Beamte weidete sich mit Genugtuung daran, dass für Siebenpfeiffer und Wirth eine Welt zusammenzubrechen schien.

»Das ... Das bedeutet nichts, garnichts«, stammelte Wirth. »Natürlich werden wir dagegen klagen. Schüler, Savoye und Geib werden jetzt zeigen, was in ihnen steckt. Jetzt erst recht.«

Wirths Reaktion belustigte den Kommissär geradezu: »Tun Sie, was Sie nicht lassen können, Wirth«, spottete er. »Ihre Freunde sind doch schon mit ihren Rechtsmitteln gegen das Verbot Ihres *Pressvereins* gescheitert. – Übrigens, Wirth, wie ich höre, haben Sie offensichtlich zwei Leibwächter angestellt, die Sie allerdings bisher nicht gemeldet haben. Als Jurist sollte es Ihnen bekannt sein, dass Sie damit gegen die Ordnung verstoßen. Einmal mehr!«

»Ich brauche keine Leibwache, Haag. Als regierungstreuer Ordnungsfanatiker sollten Sie wissen, dass meine Besucher nicht Ihrer Überwachung unterstehen. Sie überschätzen sich maßlos, Haag! Glauben Sie mir, das wird Ihnen eines Tages zum Verhängnis werden!«

»Ach Wirth, mit Ihren peinlichen Versuchen eines Machtkampfes kommen Sie nicht weit. — Geben Sie auf! Sie sind am Ende!«

Es war augenscheinlich, dass der Kommissär den kleinen Schlagabtausch als einen Triumph genoss und dabei seinen Vorgänger Siebenpfeiffer keines Blickes würdigte.

Zeitgleich unterzog ein neugieriger Mann dem Ausgrabungsgelände in Schwarzenacker einer eingehenden Untersuchung. Seine Gemütslage war nicht gut. Passend zur allgemeinen Situation verlieh eine dichte Wolkendecke dem Himmel ein deprimierendes Grau. Von Westen her blies ein heftiger Wind, als der vermeintliche Schnüffler ein Seil um eine der antiken Säulen schlang. Es war an einigen Stellen ausgefranst und wies dünne Stellen auf, an denen Fasern gerissen waren. Daher wurde an der Leine gezerrt. Die Gestalt überzeugte sich von der Festigkeit des Materials und vom Halt der Verknotung. Dann griff der Mann das Seil und ließ sich in die Finsternis eines Brunnenschachts gleiten. Es war Vorsicht geboten, denn das Mauerwerk des Brunnenrands bröckelte arg. An den Wänden des Brunnens spürte er eine kühle Nässe; hin und wieder mit moosbesetzten Stellen. Als der Mann den Grund erreichte, tastete er sich zunächst behutsam vorwärts. Er fühlte Gesteinsbrocken, die unter seiner Last ein wenig in das etwas aufgeweichte Erdreich des Brunnenbodens drückten. Endlich hatte er einen festen Stand. Aus einer Tasche holte er ein Talglicht und ein Zündmittel. Es bedurfte einiges an Geduld, bis es gelang, ein sanftes Licht zu erzeugen. Wie gut hätte er hier die selbstgebaute Spezialleuchte des Bergmannsbauern gebrauchen können. Für einen Moment dachte er an den Bergwerks-stollen, durch den er sich so mühsam hatte hindurchwinden müssen. Wie lange war das jetzt her? Drei ... vier Tage? – Es kam ihm vor wie eine Ewigkeit.

Seitlich vor sich sah er eine Öffnung, an die sich ein waagerecht führender Gang anschloss. In gebückter Haltung betrat er diesen Gang, der zunächst in eine Höhlung führte.

Von hier zweigten mehrere Durchlässe ab. Überwiegend waren sie äußerst beengt und durch Geröll verschüttet. Wirths Sohn Max hatte recht gehabt. Ein weiteres Vordringen verbot sich ohne passendes Werkzeug.

Er kehrte um. Während er sich dem Seil näherte, vernahm er das Läuten des Glöckchens vom Turm des Edelhauses. Es schlug zur zwölften Stunde.

Als er das Seil wieder ergreifen wollte, um sich aus dem Brunnen zu ziehen, entdeckte er eine angehängte Papierrolle. Alarmglocken schrillten. Instinktiv trat er einige Schritte zurück und löschte sein Licht. Dann vergingen nur wenige Augenblicke, bis er eine dunkle Stimme vernahm:

»Monsieur, bleiben Sie da, wo Sie sind und hören Sie gut zu. Haben Sie mich verstanden?«

Aus dem Brunnenschacht kam keine Antwort.

»Monsieur de La Tour, antworten Sie bitte! Es ist in Ihrem Interesse!«

»Sie kennen mich. Aber ich kenne Sie nicht. Das ist nicht fair«, erklang es von unten.

»Es ist auch nicht fair, dass Sie und Ihre Freunde sich nach wie vor hier herumtreiben.« Jetzt überschlug sich die Stimme, und das Nachfolgende war eher ein Krächzen: »War die Botschaft Ihres Bekannten Altorf nicht eindeutig genug?«

»Was wollen Sie von mir? Und warum halten Sie Altorf fest?«

»Herr Altorf ist mein Gast. Zu seinem Schutz. Und zum Schutz der Wirthschen Cousine. Es wird der Tag kommen, da wird er Ihnen berichten, dass es ihm an nichts gefehlt hat.«

»Warum geben Sie sich nicht zu erkennen? Warum lassen Sie uns im Ungewissen und machen uns das Leben in diesen schwierigen Tagen unnötig kompliziert?«

»Schwierige Tage. Sie haben recht. Es sind schwierige Tage. Für Sie und die Presseleute. Aber auch für mich. Ich muss so handeln – diesmal zu meinem eigenen Schutz. Denn das, was ich tue, ist ... Nun, meine Landsleute werden es als *Verrat* bezeichnen. – Ich ermahne Sie. Ich warne den Siebenpfeiffer. Und ich gemahne auch den Wirth und seine Gesinnungsgenossen! Sehen Sie sich vor! Man wird Sie alle nicht ungeschoren davonkommen lassen, wenn das Hambacher Fest stattfindet. *Wenn* es denn stattfindet. Heute wurde die Durchführung untersagt. Aber ich bin sicher, Wirth wird klagen. Und vielleicht wird er sogar *erfolgreich* klagen. Dann Gnade ihm Gott!«

»Warum *beschwören* Sie uns derart? Sie sind doch der österreichische Gesandte von Hofstaller, habe ich recht? Wie Ihr Souverän müssen Sie ein Gegner des liberalen Denkens sein. Also: Warum spielen Sie dieses Spiel?«

»Das ist kein Spiel, de La Tour! Ich gebe Ihnen dreierlei zu bedenken: *Zunächst einmal*, vergessen Sie meinen Namen! *Zweitens*: Ich kenne den Mörder von Conrad Heisel. Ich habe aber keine Handhabe gegen den Täter. Und zum *Dritten*: Sie sind Franzose. Wenn Sie Siebenpfeiffer und Wirth helfen wollen, dann sehen Sie zu, dass

Ihnen allen eine Flucht nach Frankreich oder in die Schweiz gelingt. Noch ist die Gelegenheit günstig. Aber wenn Sie meine Mahnungen in den Wind schlagen, dann bleibt mir nur noch ... Dann ... – Dann händigen Sie in Gottes Namen dem Siebenpfeiffer die Notizen von Fanny Heisel aus. Er wartet darauf. Sie sind in Griffweite an dem Seil befestigt.«

»Stehen Sie auf unserer Seite?«, fragte de La Tour skeptisch.

»Ich stehe *zwischen* den Seiten«, kam es zur Antwort. »Ich bin nicht glücklich über das, was ... Was Frau Heisel niedergeschrieben hat.«

»Warum händigen Sie mir dann dieses Papier aus?«

»Ich habe es versprochen.«

Nach dieser unerwarteten Erwiderung wurde de La Tour mit einer letzten Information überrascht, die er kaum glauben wollte. Mit verhaltener Lautstärke wurde ihm zugeraunt, auf wen er ein besonderes Augenmerk haben sollte. Und es wurde ihm noch ein Rat gegeben für den Fall, dass er in eine ausweglose Lage geraten sollte. Es war eine Enthüllung, die de La Tour so sehr beschäftigte, dass er den letzten Worten des Diplomaten kaum Beachtung schenkte:

»Au revoir, Monsieur de La Tour. – Seien Sie wachsam!«

Einundzwanzig

Wirth und Siebenpfeiffer waren gereizt, als der Franzose von der Begegnung auf dem Ausgrabungsgelände berichtet hatte.

»Man kann uns nicht mundtot machen, und jetzt startet man den Versuch, dass wir uns ängstigen, dass wir fliehen, dass wir uns selbst aus dem Verkehr ziehen. Unglaublich!«, echauffierte sich Siebenpfeiffer.

»Dann bleibt uns nur noch, Sie aus der Distanz im Blick zu behalten. Möge es wenigstens gelingen, Sie vor Attentaten von kriminellem Gesindel zu schützen. Doch wenn Sie erneut verhaftet werden sollten, sind Sie auf sich alleine gestellt.« De la Tour klang sehr ernüchtert, als er sich an Wirth wandte.

»Tun Sie, was Sie glauben tun zu müssen«, bekam er als lapidare Antwort.

»Warum tun wir uns das alles an?«, fragte Ludwig Buchbinder verdrießlich, der mit seinem Schwiegervater hernach die Abfuhr Wirths in einem Krug Bier ertränkte. »Warum lassen wir uns an der Nase herumführen? Warum drängen wir uns auf, wenn man uns nicht haben will?«

»Du weißt es, Ludwig. Du kennst unsere Beweggründe. Erinnere dich, warum wir uns zum Antritt dieser Reise bereiterklärt hatten. – Du weißt, dass ich mit meinen Idealen gescheitert bin. In einem meiner früheren Leben, als ich im Geheimen für eine bessere Zeit eingetreten bin, sich aber nach der Revolution stattdessen eine Schreckensherrschaft formte, die meine Freunde und ich nicht aufhalten konnten. Danach bin ich mit der Waffe in der Hand ebenfalls nicht zum Ziel gekommen. Und zuletzt? Mit Worten. In Gesprächen. In Diskussionen. Wann immer ich versucht habe, das Denken und Handeln der Mitmenschen in meiner näheren Umgebung zu einem friedlichen Miteinander zu beeinflussen. Es hat alles nichts gebracht. Immerzu stoße ich nur auf Hass und Abneigung.«

Ludwig Buchbinder nickte. Er wusste um die komplizierte Lebensgeschichte seines Schwiegervaters. Eine lange Geschichte. Eine eigene Geschichte.

»Nachdem meine Landsleute den Bourbonenkönig vor knapp zwei Jahren vom französischen Thron vertrieben haben, die Polen ihren Aufstand gegen die russische Fremdherrschaft gewagt, die Belgier sich von den Niederlanden getrennt haben und sogar das Schweizer Volk sein aristokratisches Regime stürzte, sehe ich in der Unterstützung der hiesigen liberalen Presse, die die Missstände beim Namen nennt, endlich wieder ein Flämmchen der Hoffnung für eine bessere Zukunft. Das ist das Eine. Das

Wichtigste. Aber inzwischen geht es auch um das Naheliegende. Wir tragen gleichfalls Verantwortung für Altorf.«

»Und für Fanny Heisel«, merkte Buchbinder an. »*Ich* bin davon überzeugt, dass sie nicht die gesuchte Mörderin ist.«

»Ist sie nicht«, bestätigte de La Tour. »Inzwischen weiß ich mehr über die Hintergründe. Und ich kenne auch den Mörder von Fannys Ehemann Conrad. – Hier sind Kräfte am Werk, deren Motive ich noch nicht zu durchschauen vermag.«

Hinter vorgehaltener Hand berichtete de La Tour von den bisher vorenthaltenen Enthüllungen des Fremden auf dem Grabungsareal bei Schwarzenacker. Es bereitete ihm Unbehagen, dass er Wirth und Siebenpfeiffer gegenüber diese Details unterschlagen hatte. Sicher wäre es leichter, einer Gefährdung vorzubeugen, wenn man den Gegner kannte. Aber ein Gefühl drängte ihn zu Vorbehalten gegenüber den beiden Schutzbefohlenen. »Ich wünschte, Wirth und Siebenpfeiffer wären etwas kooperativer.«

Die letzten Worte vernahm Regina Wirth, als sie ihren Gästen neuerlich einen Krug Bier reichte.

»Nehmen Sie's ihnen nicht übel«, beschwichtigte sie. »Ich weiß, dass die Männer Ihnen vertrauen. Auch wenn der Beginn Ihrer Bekanntschaft ein wenig holperig vonstattengeht.«

Zweiundzwanzig

»Ob Heine und Börne ahnen, wie wir schikaniert werden?« Wirth sprach mehr mit sich selbst, als er in einem Brief der Emigranten aus Paris las. »Die erhofften Beiträge für eine Neuausgabe der Tribüne haben sie nicht geschickt. Stattdessen bekunden sie, dass sie die weiteren Ereignisse mit Spannung verfolgen würden. – So leicht kann man sich's natürlich auch machen«, grantelte er.

Und mit einem Seufzer überflog er noch einmal die Weisung aus dem Landkommissariat: »Man unterstellt uns, dass wir die Auflösung der bestehenden Ordnung anstreben wollen. Und daher ist Ende Mai allen Fremden der Aufenthalt in Neustadt und in den Nachbargemeinden untersagt. Die Polizeistunde ist auf acht Uhr abends festgesetzt. Außerdem werden Versammlungen mit mehr als fünf Personen nicht gestattet. Und natürlich sind öffentliche Reden an die Bevölkerung verboten. Zweitausendfünfhundert Soldaten sind abkommandiert, um das Schloss zu besetzen und die Anordnung durchzusetzen. Aber das sage ich: Wenn man uns den Fehdehandschuh der Willkür hinwirft, werden wir ihn aufheben und die Volksfeinde zwingen, die Gesetze zu beachten«, fauchte er, was Wirths Ehefrau zu überhören schien:

»Hier, Mann, es gibt auch was Erfreuliches!« Regina hatte ebenfalls einige der zahlreichen Zuschriften geöffnet, die per Bote vor einer Stunde von der Homburger Post hergebracht worden waren. »Es mehren sich die Stimmen auch unserer einflussreichen Anhänger, die mit der Regierungsentscheidung in keiner Weise einverstanden sind. Es gibt Gruppen, die sich zu Protestaktionen bei den Landkommissariaten einfinden wollen. Und hier ...« Regina reichte ein Schriftstück rüber. »Ein Liebhaber bietet für die TRIBÜNE statt der üblichen drei Gulden fürs Abonnement einen Liebhaberpreis der letzten Ausgaben. Siebzehn Gulden will er zahlen«, jubilierte sie.

Das alles schien Siebenpfeiffer kaum zu berühren. Er studierte die Niederschrift Fannys, aus der er einen Entwurf für eine Rede formte. Wenn er doch nur Gelegenheit bekäme, beim Hambacher Fest diese Gedanken zu veröffentlichen:

Das Fest der Hoffnung. Der Deutschen Wonnemonat Mai.

Mit Blüten sehen wir Strauch und Baum geschmückt. Auch den Weinbergen wird bald ein Duftmeer umgeben. Und reiche Fruchtbarkeit wird hervorgebracht werden, wenn kein Spät-

frost tötet, kein Hagel zerschlägt, kein Sturm zerknickt.

Was uns die Natur beschert, gilt gleichermaßen für der Völker Leben.

Wohl denen, die durch die Sonne der Vaterlandsliebe befruchtet werden! Dass sie nicht durch den Winterfrost der Selbstsucht getötet werden! Dass nicht der Sturm despotischer Gewalt sie vernichtet! Dann werden sie ihren Erntemonat haben und die köstlichsten Früchte des Wohlstands genießen. Doch dazu bedarf es der Pflege der treuen Bürger!

Für die Menschen Europas war ein solcher Mai aufgegangen, als gegen Napoleon im Kampf die Freiheit errungen wurde. Doch alsbald wurde die edle Blüte zernagt vom Wurm fürstlich-aristokratischer Selbstsucht.

Wir blicken auf Frankfurt herab, auf den Sitz des Bundestages. Den Sitz des politischen Vatikans, aus welchem der Bannstrahl herabzuckt, wo immer irgendein freier, ein deutscher Gedanke sich hervorwagt.

Wir sind hier versammelt, um diesem Treiben die Stirn zu bieten. Noch sinnend und zaudernd. Noch ist kein politischer Luther auferstanden. Noch schmachten die Wurzeln auf dürrem Gestein. Auf der Hoffnung, die uns das heutige Fest bereitet, zu dem Tausende aus Nah und Fern zusammengekommen sind.

Wir sind erwacht! Es ist die Geburtsstunde der deutschen Einheit und der europäischen Freiheit. Lasst uns hier gemeinsam die Kraft finden, den Keim zum Wachsen zu bringen. Der grünende Mai ist ein Symbol der Hoffnung für das Gedeihen von Reformen.
Aber wir müssen die Reformen bald haben; wir müssen sie s e h r bald haben!
Lasst uns den Bund der Patrioten gründen!
Es lebe der Heilige Bund der Völker!

Siebenpfeiffer war beeindruckt von Fannys Worten und fügte weitere Notizen hinzu: *Die Frau soll die freie Genossin des freien Bürgers sein. Sie ist nicht die Magd des Mannes. Sie ist die gleichberechtige Verbündete bei unserem Kampf für die Demokratie der Völker. Sie soll gleichfalls zur entschlossenen Verbrüderung kommen.*

In dem Moment, als Siebenpfeiffer diese Überlegungen niederschrieb, betrat der evangelische Pfarrer die Stube:

»Ich wünsche einen guten Abend, Frau Wirth. Oh, die beiden Herren Doktores sitzen auch beieinander. Wie passend. Wo sind denn Ihre werten Aufpasser?«

»Die passen auf«, brummte Wirth und fügte etwas Unfreundliches hinzu.

»Die können Johanns Nörgeleien nicht mehr ertragen. Sie haben sich in der Pension beim Gasthaus *ZUM SCHLÜSSEL* einquartiert«, erklärte Regina.

»Na, Wirth, Sie haben schlechte Laune. Ihre trübe Stimmung kann ich verstehen. Überall redet man von nichts anderem, als dass Ihr geplantes Fest nicht stattfinden darf. Aber wer weiß. Noch ist nicht aller Tage Abend. Das Dekret ist allen Landkommissariaten zugestellt worden. Aber schon nach wenigen Stunden regt sich überall Missbilligung. Wie Sie wissen, sind solche unerhörten Maßregelungen seit der Franzosenzeit für die hiesige Gegend ungewöhnlich. Man ist diese Willkür nicht gewohnt. Der Ton wird rauer. Die Worte schärfer. Freiheitsbäume wachsen auf den Marktplätzen empor. Proteste allerorts. Ein gutes Zeichen, Wirth. Der Druck muss vom Volke ausgehen. Dann hat man Sie Beide wenigstens nicht mehr ausschließlich im Visier!«

»Wie schön, dann muss man ja nicht mehr auf uns aufpassen!« Wirth wurde sarkastisch, was der Pfarrer nur mit dem Heben seiner linken Augenbraue kommentierte.

»Ich habe noch eine andere Nachricht«, wechselte er das Thema. »Bei mir ist der ehemalige Gehilfe vom Schmied vorstellig geworden.

Ein Mann namens Distler. Ein angeblicher Freund von Conrad.«

»Distler? – Conrads Freund?« Regina Wirth wurde hellhörig. »Ich meine, den Namen schon einmal gehört zu haben. Ja, ich bin mir sicher. Conrad hat vor Wochen … Warten Sie. Der Distler hat wohl einen Bekannten beim Appellationsgericht. Der war es doch, der irgendwie hat einwirken können, dass man Johann aus der Haft entlassen hat. – Hm. Ich war der Ansicht, dieser Distler wäre ein Student.«

»Ist er wohl auch. Hat nur aushilfsweise beim Schmied … Naja. So ein zartes Pflänzchen. Ist mit der schweren Arbeit natürlich überfordert … Aber, wie dem auch sei: Der Distler will zum ungefähren Zeitpunkt des Mordes die Fanny gesehen haben. Die tatsächlich ziemlich verstört gewesen sein soll. Aber der Distler meinte, dass das nur allzu erklärlich gewesen wäre. Schließlich war Fanny in Trauer. Und das habe dieser Distler so auch dem Landkommissär gesagt, der ihm das Wort im Mund verdreht habe. Der Distler soll angeblich zu verstehen gegeben haben, dass Fanny wohl kaum alleine den bulligen Schmied in die Esse hatte befördern können. Zudem hatte Distler kurz zuvor noch den Stallmeister Wulf gesehen. Lebend. Darauf habe Haag erwidert, mit dieser Aussage setze sich Distler dem Verdacht der Mittäterschaft aus. Ob er möglicherweise selbst Hand angelegt und der Gesuchten geholfen habe. Natürlich hat Distler daraufhin den Mund gehalten.«

Da blickte Siebenpfeiffer kurz von seinem Manuskript auf: »Und warum kommt der Distler *jetzt* damit zu Ihnen, Pfarrer Freisinger?«

»Distler hat Gewissensbisse, nachdem er so wenig Courage gehabt hat, dem Haag zu widersprechen. Zudem fühlt er ein arges Unbehagen, denn er wird von etlichen Mitbürgern schief angesehen.«

»Kein Wunder«, meinte Regina Wirth, »die Morde waren Tagesgespräch.«

»Tja und vor allem: Der Distler fühlt sich immer noch als Conrads Freund. Wenn Sie Hilfe benötigen, können Sie auf ihn zählen, hat er angeboten.«

»Wie schön«, mäkelte Wirth erneut. »Noch jemand, dem wir sein Hilfsangebot kaum werden ausschlagen können.«

Dritter Teil

Dreiundzwanzig

In Neustadt. – Wo zum Kuckuck waren Wirth und Siebenpfeiffer? Diese Frage quälte de La Tour und sein Schwiegersohn, während sie sich seit dem Tagesanbruch des 27. Mai zum wiederholten Male in die vom Landvolk, von Neustädter Bürgern und ihren Gästen übervölkerten Gassen stürzten.

Regina Wirth, die mit ihren Kindern bei Siebenpfeiffers Frau und der knapp sechsjährigen Tochter Cornelia in der kleinen Gemeinde Haardt im Norden Neustadts weilte, hatte zum Verbleib der Männer keine verbindliche Auskunft geben können. *Sie* machte sich offensichtlich keine Sorgen. Die Männer hätten alle Hände voll zu tun und seien sicher überall gleichzeitig gefragt, ließ auch Siebenpfeiffers Ehefrau Emilie wissen.

Gewiss. Schon am Vortag hatten die Initiatoren des Hambacher Fests Himmel und Hölle in Bewegung gesetzt, um Besucher zu empfangen, um letzte Absprachen mit den Neustädter Organisatoren zu treffen und die unzähligen Posten auf der Haardthöhe aufzusuchen, die am Abend Freudenfeuer entfachten. Man genoss einen ersten Triumph. Denn das Versammlungsverbot war auf Druck der Bevölkerung von genau jenem Generalkommissär widerrufen worden, der vor

knapp vier Wochen seine Anordnung den Landkommissariaten zugestellt hatte. Zwar war die
Erlaubnis einer Teilnahme am Fest nur mit einer
Einschränkung erteilt worden. Denn *nur die bayerischen Deutschen* sollten in den Genuss des
Fests kommen dürfen. An dieser Auflage hielt
sich jedoch niemand. Da das Ausrücken der Be-
satzungssoldaten ebenfalls ausgeblieben war,
gab es nun kaum eine Handhabe, die Auflagen
einzufordern.

De La Tour und Buchbinder hatten den ebenfalls äußerst belebten Neustädter Marktplatz
erreicht und standen am Fuß der Stiftskirche, als
acht Glockenschläge ertönten. Das erinnerte sie
an den gestrigen Abend, der mit Geläut und Ge-
schützfeuer die Festtage eröffnet hatte. Sie hatten Wirth und Siebenpfeiffer erlebt, für die das
Ereignis wie Balsam für die Seele war. Beim
Schießhaus, wo sich ein großer Teil ankommen-
der Gäste einfand, hatten sie aber auch den
Landkommissär Haag entdeckt, der spürbar eine
menschliche Kälte ausstrahlte. Man merkte ihm
an, wie verdrießlich er die neue Lage hinnahm,
als in kurzen Abständen die Gäste aus Nah und
Fern eintrafen; häufig auf Karren, die mit Eichen-
laub und schwarz-rot-goldenen Fahnen geschmückt waren. Haag hatte seinen Mund spöttisch verzogen, als die Neuankömmlinge sich
sogleich verbrüderten.

Solche Szenen fanden auch am heutigen Morgen zwischen Bürgern vieler Staaten des Deutschen Bundes ihre Fortsetzung. Da gewahrte man die Stimmen von Preußen, Hannoveranern und Sachsen, von Menschen aus Baden, Württemberg, Hessen, Nassau und Frankfurt, Polen und sogar aus dem französischen Elsass.

Nur Wirth und Siebenpfeiffer blieben nach wie vor verschwunden.

Stattdessen erspähte Buchbinder an einem Tisch vor dem alten Wirtshaus *Zur Herberge* bekannte Gesichter. Dort, wo Wirth den Hamelner Gästen ein Quartier zugewiesen hatte, machte er den alten Stüber aus, den Besitzer des Edelhauses, der ihm heute ziemlich rüstig und so garnicht gebrechlich erschien. Der Alte war in ein Gespräch mit einem etwas einfältig, roh und grobschlächtig wirkenden jungen Mann vertieft, der ein schwarz-rot-goldenes Banner über die Schulter geschlagen hatte und damit den größten Teil seiner abgewetzten Montur bedeckte.

Zur Überraschung Buchbinders fand sich an diesem Tisch auch der Sohn des Flößers wieder. Ob der tatsächlich wahrgemacht hatte, was sein Vater eher spaßeshalber angedeutet hatte? Ob der sich in der Tat am Schlagen und Aufstellen der unzähligen Freiheitsbäume beteiligt hatte? Kräftig genug schien er zu sein – ganz im Gegensatz zu dem Dritten im Bunde, ein eher dürrer und schwächlicher Bursche.

»Lasst um Himmels Willen die Waffen stecken«, vernahm Buchbinder von dem Alten, nachdem er sich im Schutz der Menschenmenge unbemerkt in die Nähe der Bekannten geschlichen hatte. Stüber schien erregt auf die Drei eingeredet zu haben. Jetzt ließ er sie in Ruhe und begab sich in die Nähe der Neustädter Bürgergarde.

Ein Teil dieser für die Verteidigung der Stadt zuständigen Gardisten Neustädter Bürger bezog Aufstellung. Begleitet von Musikanten und umgeben von Festteilnehmerinnen folgte ein Fähnrich mit der polnischen Fahne.

Jetzt setzte das Geläut wieder ein, und auch Böllerschüsse waren erneut zu vernehmen.

In diesem Moment trat eine Gruppe von Festordnern zusammen. Gut erkennbar, denn sie trugen alle eine schwarz-rot-goldene Schärpe.

Jubel brandete auf, als in ihrer Mitte eine Trikolore in ebensolchen Farben mit der Aufschrift *Deutschlands Wiedergeburt* geschwenkt wurde.

Der Festzug setzte sich in Bewegung, und Buchbinder bestaunte, wie sich Festredner, Abordnungen der deutschen Staaten und schließlich alle demonstrierenden Festteilnehmer einreihten: Bürger, Bauern, Studenten, Handwerker und Tagelöhner nicht minder.

Eine gewisse Rührung bemächtigte sich Buchbinder, der am Kirchenportal seinen winkenden Schwiegervater stehen sah. Während er versuchte, zu de La Tour durchzudringen, beobachtete er, wie die anwesenden Deutschen scheinbar brüderlich vereint unter einer gemeinsamen Fahne ernst und feierlich dahinzogen.

Die Zugteilnehmer stimmten in ein Lied aus antinapoleonischen Zeiten ein und schmetterten gemeinsam: *Was ist des Deutschen Vaterland? Ist's Preußenland? Ist's Schwabenland?* Und Buchbinder schnappte die aktualisierte Dichtung auf: *Was tändelt der Badner mit Gelb und Rot? Mit Weiß, Blau, Rot Bayer und Hesse? Die vielen Farben sind Deutschlands Not, Vereinigte Kraft nur zeugt Größe: Drum weg mit der Farben buntem Tand! Nur eine Farb' und ein Vaterland.*

Und wie unterstreichend wurde eine Dichtung Siebenpfeiffers hinzugefügt: *Hinauf Patrioten, zum Schloss, zum Schloss! Hoch flattern die deutschen Farben ... Wir ziehen aus in geschlossenen Reihen. Wir wollen uns gründen ein Vaterhaus und wollen der Freiheit es weihen. Denn vor der Tyrannen Angesicht beugt länger der freie Deutsche sich nicht ...*

Während so gesungen wurde, folgte Buchbinder seinem Schwiegervater, der die Leitern im südlichen Turm der Stiftskirche erklomm. Der mächtige markante Turm beherbergte im oberen

Teil eine Türmerwohnung. Hier betraten sie eine umlaufende Aussichtsgalerie, von der sie einen guten Blick auf den Festzug werfen konnten.

Hatten Siebenpfeiffer und Wirth die richtige Form des Protests gefunden?, ging ihnen durch den Kopf. *Würde ihnen dieses Fest gelingen, bevor die Büttel der Herrschenden aus ihren Löchern hervorkämen, um ihre Fahnen zu verbrennen?*

Nach rund eineinhalbstündiger Dauer erkannten Buchbinder und de La Tour, dass die ersten Fahnen am Fuße des Schlosses wehten, während die letzten Bannerträger Neustadt noch nicht verlassen hatten.

Vierundzwanzig

Landkommissär Haag stand im Gespräch mit einigen wenigen Justizbeamten zusammen, als die ersten Ankömmlinge des Festzugs an der Hambacher Schlossruine eine Pforte erreichten, die aus zwei geschmückten Freiheitsbäumen gebildet war. Die bereits Anwesenden wurden zur Aufrechterhaltung von Ruhe und Ordnung aufgefordert.

Dann wurden die ambulanten Wirtshäuser inspiziert, die in ihren Zelten berauschende Getränke vorhielten. Es würden Exzesse vom Pöbel befürchtet, hieß es ermahnend von der Obrigkeit.

Haag war bekannt, dass kein Militär den Weg hinauf aufs Schloss finden würde. Man beschäftigte die Soldaten andernorts gegenwärtig mit Paraden, damit niemand in Versuchung geriete, sich der Demonstration anzuschließen. Das bedeutete allerdings auch, dass keine Unterstützung zur Verfügung stünde, wenn der Kommissär ein Eingreifen für notwendig erachtete. Aber Haag wusste auch um etliche Spitzel, auf deren Aussage er bei Bedarf zurückgreifen könnte. Ein maliziöses Lächeln glitt über seine Gesichtszüge. Selbstzufrieden rieb er sich die Hände. Vielleicht würde ihm hier gar die gesuchte Wirthsche Verwandte über den Weg laufen. Die steckte doch gewiss mit dem revolutionären Gesindel unter einer Decke und würde sich die Gelegenheit nicht nehmen lassen, im Schutz der Menschenmassen endgültig von der Bildfläche zu verschwinden und sich seinem Zugriff für immer und ewig zu entziehen. Also galt es, die Augen offen zu halten.

Derweil rauschte Buchbinder das Blut in den Ohren. Zwar hatten er und sein Schwiegervater inzwischen Siebenpfeiffer und Wirth ausfindig gemacht. Dennoch spürte er außerordentlich heftiges Herzklopfen. Gewiss war das auf den Lärm der Zigtausenden zurückzuführen, die nach und nach die Kuppe des Kastanienbergs erklommen, auf dem die Hambacher Schlossruine thronte.

Lärm. Ja, Lärm konnte unerträglich werden. Kurz dachte er an einen Freund, der vor Jahren bei der Schlacht von Waterloo im Einsatz gewesen war. Sein Freund war damals körperlich fast unversehrt geblieben. Allerdings hatte sein Gehör einen beträchtlichen Schaden davongetragen. Lärm. Lärm konnte wie eine Folter sein, dachte Buchbinder, der zunehmend gereizt wirkte. Oder beeinträchtigte die zunehmende Angespanntheit sein Befinden? Die Dringlichkeit, die Lage überblicken zu müssen? Dass ihm nur ja nichts Verdächtiges unbemerkt bliebe!

Etliche Menschen lachten. Sie schienen sich an dem sonnigen Tag und an der Musik zu erfreuen. Zufrieden blickten die Frauen auf die schmucken Kränze, die sie gebunden hatten. Überall flatterten schwarz-rot-goldene Bänder und Schleifen. Man war unbeschwert und heiter. Und doch glaubte Buchbinder neben dem Frohsinn gelegentlich auch eine gewisse Unsicherheit zu spüren. Dies machte er an manch schrillem und bedrohlich wirkendem Lachen fest, das er zu hören glaubte. An dem lauten Grölen und an den zotigen Scherzen. Oder an den Gesprächsfetzen, die er hier und da aufschnappte. Buchbinder war längst klar geworden, dass die Pfälzer den Bayern kaum Sympathien entgegenbrachten. Zwar kam man in diesem Teil Bayerns bisher noch in den Genuss einer relativ liberalen Gesetzgebung – ein Überbleibsel aus der napoleonischen Zeit, als die Gegend französisch war. Doch da die Repressalien zunahmen, betrachtete man sich inzwischen gleichsam als von den Bayern erobert und unter einer neuen Fremdherrschaft lebend. Gerade unter den Älteren wurde deutlich, dass etliche noch immer – trotz der Fehlentwicklungen in der Herrschaft des Tyrannen – den Errungenschaften nachtrauerten, die sie unter Napoleon erlangt hatten. Sogar einige Polen bekundeten, dass man gewissermaßen nach wie vor an dem Kaiser hinge, der ihnen damals immerhin die Freiheit geschenkt habe.

»Wer weiß«, flüsterte einer, »vielleicht kommen wir doch eines Tages wieder zu Frankreich. Den Franken dürstet es doch immer noch danach, den Rhein als Ostgrenze zu beherrschen.«

»Denen wir aber doch eine Abfuhr erteilen müssen«, erwiderte ein anderer. »Deswegen sind wir schließlich hier beisammen. Wir wollen schlussendlich *eine* Nation werden, oder?«

Der letzte Sprecher blickte in die Runde und registrierte zweifelnde Gesichter oder ein unschlüssiges gleichmütiges Achselzucken.

»Und wie wollen wir das erreichen?«, erhielt er lediglich zur Antwort.

»Ist doch klar«, mischte sich noch einer in das Gespräch, »ein Aufstand muss her. Unsere Freunde, die Polen, haben es uns vorgemacht«, wandte er sich an seinen Nachbarn und klopfte ihm auf die Schulter.

»Und die sind jetzt auf der Flucht vor dem Zaren. Der Aufstand hat also nicht wirklich Erfolg gehabt, wie wir alle wissen«, kam es prompt zurück.

Da begann der angesprochene Pole zu summen: »Noch ist Polen nicht verloren …«

Jubel und *Hoch*-Rufe brandeten auf, als Siebenpfeiffer seine Rede eröffnete.

Buchbinder blickte zur Redner-Tribüne. Unweit davon entfernt schlich sein Schwiegervater herum. Siebenpfeiffers nähere Umgebung schien friedlich. Aufmerksam hörte man ihm zu.

Das war an einer anderen Stelle des Festplatzes anders. Da schien übermäßiger Alkoholgenuss nicht nur gerötete Augen zu hinterlassen, sondern vor allem zu enthemmen. Pöbeleien und Rempeleien nahmen zu. Erleichterung verspürte Buchbinder, als er wieder den alten Stüber sah, wie er beruhigend auf die nervöse Stimmung einiger junger Leute einwirkte. Gerade rechtzeitig konnte ein größerer Tumult verhindert werden.

Buchbinder wandte sich einigen freistehenden Mauerresten der Burgruine zu. Auch auf den Mauervorsprüngen hatten sich Menschen niedergelassen, die dem Redner zuhörten.

Hinter dem Gemäuer inspizierte er den Schutt, der in den letzten Tagen vom Festplatz entfernt und hierher zusammengetragen worden war. Er bückte sich und griff sich ein Bruchstück des mürben Mauerwerks. Wenn man es als Wurfgeschoss … Er mochte diesen Gedanken nicht weiterführen. Ein diffuses Unbehagen beschlich ihn.

Siebenpfeiffer schien zum Ende seiner Rede zu kommen.

In diesem Moment wurde Buchbinder hinterrücks angegriffen. Einem Reflex folgend versuchte er mit dem Stein, den er noch immer in Händen hielt, um sich zu schlagen. Vergeblich. Einen Lidschlag später befand er sich im Würgegriff einer kräftigen Person. Ein Seil legte sich um seinen Hals. »Schlag ihn tot, er ist ein Patriot!«, raunte jemand. Der Angegriffene ließ den Stein fallen, als ihm die Luft abgedrückt wurde. Er griff nach dem Seil, das sich immer mehr straffte. Verzweifelt wehrte er sich, ohne den Angreifer zu Gesicht zu bekommen. Er würgte, als der Strick tiefer in seine Haut schnitt. Dann ein Hecheln. Ein Japsen. Er rang nach Luft und spürte, wie seine Kräfte schwanden. Dabei vernahm er noch einige Redefetzen:

»Hoch lebe jedes Volk, das seine Ketten bricht und mit uns den Bund der Freiheit schwört.« Und von irgendwoher erklang der Ruf »… dreimal Hoch auf ein konföderiertes Europa!«

Dann musste er hilflos mitansehen, wie ein Gewehrlauf durch eine Schießscharte geführt wurde. Vom vorderen Rohr der Flinte löste sich eine schwarz-rot-goldene Schleife. Es war das Letzte, was Buchbinder wahrnahm, bevor er das Bewusstsein verlor.

Fünfundzwanzig

De La Tour spürte das Nahen einer Gefahr. Immer aufmerksamer ließ er seine Blicke über die Masse der Schaulustigen schweifen. Wie leicht konnte sich in dem Getümmel jemand unsichtbar machen, der unlautere Absichten hegte.

Der Franzose lenkte seinen Blick zu den provisorisch errichteten Tischen und Bänken, wo besser Betuchte Platz genommen hatten. Sie würden dort speisen wollen. Zu übertriebenen Preisen, wie de La Tour wohl wusste. Für die Gebühr einer Mittagsration musste ein einfacher Arbeiter drei Tage schuften. Naja, die Zylinderträger würden es sich leisten können, dachte de La Tour, als er den Landkommissär entdeckte, der sich im Hintergrund aufhielt und mit jemandem tuschelte.

Haag schien einen Gehilfen an seiner Seite zu haben. Einen Schreiber? Was vermerkte der Lakai in seinen Listen? Beobachtungen eines Spitzels? Der Kommissär lächelte dabei herablassend.

Missgünstiger Aasgeier, ging es de La Tour durch den Kopf. *Einer, der mit Menschen umgeht, wie mit Figuren auf einem Spielbrett*, dachte der Franzose. Wer waren die Auftraggeber? Bayern? Österreicher? Möglicherweise gar die Preußen? Oder war Haag sein eigener Herr? *Wie ein selbsternannter Richter.* De La Tour war angewidert.

Leicht ermüdet lehnte sich der Franzose an den Stamm einer Kastanie und schaute in die Krone des Baumes. Glücklicherweise war das Gezweig noch nicht so dicht belaubt, als dass man sich darin unbemerkt verstecken konnte. Gleichwohl würden die zahlreichen dicken Stämme der Bäume, die dem Kastanienberg ihren Namen liehen, reichlich Sichtschutz gewähren.

Intuitiv drehte sich de La Tour um. Hinter dem Baumstamm tummelte sich Wirth, der im Manuskript seiner Ansprache blätterte.

»Zählt Ihr *spezieller* Freund auch zu den Gästen?«, fragte de La Tour sein Gegenüber und wies mit einer Kopfbewegung hinüber zum Kommissär, der soeben hinter den Zelten verschwand.

»Unser Fest sorgt eben für Aufsehen. Was wollen wir mehr?«, war Wirths lapidare Antwort. »Er wird wohl genügend Spitzel instruiert haben, uns zu observieren. Damit man uns hernach verunglimpfen kann«, fügte er seufzend hinzu, während er sich anderen Festrednern zuwandte.

Kurze Zeit später brandete Jubel auf, der der Siebenpfeifferschen Rede galt. In die Ovationen mischte sich für eine Reihe von Festbesuchern jedoch auch das Geräusch berstenden Mauerwerks. Begleitet vom Geschrei einiger Menschen stürzte unter Getöse eine Wand der Schlossruine ein. – Glücklicherweise hielt sich das Chaos in Grenzen. Herbeigeeilte Helfer kletterten über Trümmer, räumten Bruchstücke des Gemäuers weg und bargen bereits Verletzte, als sich die aufgewirbelte Staubwolke noch nicht gänzlich gelegt hatte. De La Tour und selbst der Kommissär waren ebenfalls zu dem Unglücksort geeilt. Es dauerte nicht lange, bis der Franzose auch die bewegungslos daliegende Gestalt seines Schwiegersohnes entdeckte. Eine merkwürdige Körperhaltung nahm sie ein. Größere Mauerstücke waren bis in unmittelbarer Nähe des Kopfes geflogen; vereinzelte Steinsplitter waren sogar bis über die Beine verstreut.

Ludwig Buchbinder atmete flach. Vor seinem inneren Auge kamen ihm sonderbare Bilder. Verfremdete Gedanken. Merkwürdige Empfindungen. Bizarre Eindrücke. Er betrachtete sich bei seiner Ankunft in Homburg vor einigen Wochen: *Eine Gruppe Gendarmen war gerade an ihm vorbeimarschiert, als ihn ein plötzlicher Höllenlärm herumfahren ließ. Von wild galoppierenden Rössern gezogen schoss ein Kutschwagen auf ihn zu. Auf dem Kutschbock saß aber keineswegs jener Küfer, der ihn seinerzeit nach Homburg gebracht hatte. Stattdessen trieb ein widerwärtig ausse-*

hender Kerl mit stechendem Blick die Pferde unerbittlich an, während der Grobian genüsslich an einer Zigarre sog und sich sein Bärtchen zwirbelte. Unmittelbar bevor Ludwig niedergetrampelt werden konnte, wurde er beiseite gerissen. Eine Schlinge hatte sich um seinen Hals gelegt. Derart festgezurrt wurde er von dem Gefährt einige Meter mitgeschleift. Die Gendarmen ignorierten den Zwischenfall. Bei einer Klostermauer kam das Gespann mit dem Todgeweihten zum Stehen. Es war ein donnerndes Krachen, als die Mauer einstürzte und den niederträchtigen Kutscher unter sich begrub. Ludwig hingegen erschien für den Bruchteil einer Sekunde das Antlitz seiner Frau, die er in Hameln zurückgelassen hatte. – Es war eine kurze Eingebung. Ein Traumgebilde, das unmittelbar danach wieder verschwand. Das kleiner und kleiner wurde. Das sich schließlich wie ein Irrlicht irgendwo im Nichts auflöste.

Der Halluzination folgte eine Phase, in der Buchbinders Bewusstsein zurückkehrte. Er schlug die Augen auf und blickte noch benommen und tränenblind in ein Gesicht, das ihm vage bekannt vorkam. Als sich das Bild schärfte, erkannte er die Gesichtskonturen seines Schwiegervaters.

»Er kommt zu sich«, formten die Lippen de La Tours, während das Entsetzen in der Miene des Franzosen, der mit der einen Hand den Kopf des

Überfallenen vorsichtig anhob und dem Opfer zu trinken reichte, langsam wich. Die Kehle des Attackierten schien innerlich zu brennen. Er versuchte eine Frage zu formen, doch es kamen nur leise gurrende Laute. De La Tour ließ den Kopf wieder behutsam nach hinten sinken.

Buchbinder fragte sich, ob er einer Sinnestäuschung erlegen gewesen war. Denn jetzt machte er hinter der gebeugten Statur seines Schwiegervaters genau jenen Mann aus, der ihn schon einmal vernichten wollte. Vielleicht war es eine Vision gewesen. Doch auch jetzt wieder schien es, als wollte der Kerl ihm gefährlich werden.

Der Gewürgte befühlte die gerötete wunde Stelle, an der ihm die Luft abgeschnürt worden war. Furcht spiegelte sich in seinen Augen wider, als er krächzte: »Was ist mit mir?«

Doch schon während er fragte, begann er die Wirklichkeit zu erfassen. Er erkannte mehr und mehr seine Umgebung.

»Siebenpfeiffer ...« Das Sprechen fiel ihm schwer. »Was ist mit Siebenpfeiffer? Ist er unbeschadet ... Oder hat man ihn ... Da war ein Gewehrlauf im Anschlag!«

»Ein Gewehrlauf? Hier ist das Tragen von Waffen verboten«, empörte sich der Kommissär.

»Ich ... Ich bin mir sicher ...«, stotterte Buchbinder heiser, »man trachtet uns nach dem Leben.« Jetzt räusperte er sich. »Der Angriff auf mich … Etwas geht hier nicht mit rechten Dingen zu.«

»Hirngespinste«, blaffte Haag und wies auf den immer noch am Boden Liegenden: »Dieses Individuum ist dafür zur Verantwortung zu ziehen, dass das Schlossgemäuer eingestürzt ist und dass ein Unschuldiger erschlagen wurde«, zischte der Widerling. Seine Aussprache war feucht; in den Mundwinkeln bildeten sich Schaumflocken.

Der Kommissär wollte einen Sicherheitsgardisten rufen, um Buchbinder in Gewahrsam nehmen zu lassen. Doch da wurde das Scheusal von drei jungen Burschen umringt, die mit Zeltstangen auf den Regierungsvertreter einzuschlagen beabsichtigten. Haag erkannte einen der Angreifer:

»Sie, Distler? Sie wollen Ihre Hand gegen *mich* erheben?« Der Landkommissär sprach den Dürren der drei finster blickenden Männer an: »Ist das der Dank dafür, dass ich Sie vor einer Mordanklage bewahrt habe? Bisher! Sie machen einen Fehler, Distler. Einen großen Fehler. Wir sehen uns vor Gericht, Distler!«

Während er den Angesprochenen einzuschüchtern versuchte, erschien der alte Stüber vom Schwarzenacker Gutshof und gebot Einhalt:

»Haag, Sie irren sich und verlieren die Contenance! *Dies hier* ist der Leidtragende, dem Sie Ihre Hilfe zukommen lassen sollten! Es ist doch

154

unübersehbar, dass diesem Gast selbst ein Anschlag gegolten hat. Dass er beinahe erdrosselt worden ist. Und da beschuldigen Sie *ihn*? Warum unterstellen sie ihm eine derartige Unwahrheit? Warum tun Sie das?«, fragte der Alte besonnen.

»Wer sind Sie, dass Sie mich so unverfroren einer Lüge bezichtigen?«, fauchte der Landkommissär nun.

»Das tut nichts zur Sache, Haag! Sehen Sie zu, dass Sie Land gewinnen! Sie befinden sich hier ohnehin außerhalb Ihres Zuständigkeitsbereichs.«

»Ich werde Sie …«

Der Widersacher konnte seine Drohung nicht vollenden, denn lautes Trommeln lenkte die Aufmerksamkeit der Streithähne ab, was Haag nutzte, um sich aus seiner prekären Lage davonzustehlen. Er war missmutig. Heute musste er sich geschlagen geben. Doch er war sich sicher: Letztlich saß er am längeren Hebel.

»Soldaten!«, schrien einige Festteilnehmer. »Der Schlossberg wird besetzt!«

Ein neuerlicher Zwischenfall? – Wie panisch rannten etliche Festgäste den Bergsporn hinab, gaben aber schon kurze Zeit später Entwarnung. Tatsächlich kündigten die Trommeln lediglich eine Gruppe von Nachzügler an, die ebenfalls am Hambacher Fest teilnehmen wollten.

Buchbinder hatte sich erhoben, den gröbsten Staub von seiner Kleidung geklopft und untersuchte nun zusammen mit Stüber und de La Tour die Stelle, an der er das Schießeisen gesehen zu haben glaubte. Hier lagen nur noch Trümmerreste der Burgmauer. Buchbinder wurde für einige Augenblicke unsicher und begann zu zweifeln. War es nur eine Einbildung gewesen? – Offensichtlich nicht. De La Tour entdeckte im Geröll des zerstörten Gemäuers die schwarz-rotgoldene Schleife. Zerdrückt und angerissen. Ihrer Schönheit beraubt. Sein Schwiegersohn hatte sich zweifelsohne nicht geirrt.

Da runzelte auch Stüber die Stirn und wurde nachdenklich. »Passen Sie besser auf sich auf!«, mahnte der Alte.

Einmal mehr wunderte sich Buchbinder über den Alten. Das Finale seiner ersten Begegnung mit dem Ackersmann war wenig herzlich gewesen. Und jetzt nahm dieser Mann Anteil an seinem Wohlergehen? Mutig hatte er sich sogar bei dem Landkommissär für ihn eingesetzt.

»Wie kann ich Ihnen meinen Dank bekunden, Herr Stüber?«, sagte Buchbinder noch immer mit gebrochener Stimme.

»Nicht der Rede wert«, erwiderte der Alte und verwies mit einem Augenzwinkern darauf, dass seinerzeit seinem Pferd geholfen worden

war. »Sie hatten bei mir noch etwas gut, Tiermediziner!«

Buchbinder und de La Tour erholten sich von
dem Schrecken bei einem Krug Bier. Nur in kleinen Zügen nahm der Angeschlagene das Gesöff
zu sich. Sein Rachen schmerzte nach wie vor.
Aber auch das Mal, das ihn noch eine Weile an
den Versuch der Strangulierung erinnern würde,
bereitete ihm Pein. Die beiden Männer schwie-
gen. Sie waren sich sicher, dass der Attentatsver-
such nur wegen des unerwarteten Zwischenfalls
mit dem Mauersturz fehlgeschlagen war. Sie waren sehr bestürzt. Waren sie durch die erlebten
Vorgänge doch erstmalig unmittelbar persönlich
betroffen von den Auseinandersetzungen, die
hier gegenwärtig ausgetragen wurden.

»Wer weiß, in welchem Hinterhalt man uns
das nächste Mal auflauern wird?«, sinnierte
Buchbinder, der lieber heute als morgen die
Rückreise antreten wollte.

»Lass uns noch ein Weilchen warten«, insis-
tierte sein Schwiegervater. »Vielleicht gelingt es
uns, noch weitere Neuigkeiten zu Altorfs Verbleib einzuholen oder ihn aus seiner Lage zu befreien.«

»Wenn er denn überhaupt befreit werden
will«, erwiderte Ludwig Buchbinder murmelnd.

Einmal mehr war de La Tour ratlos und grübelte: »Ich kann mir nicht vorstellen, dass der Auftritt von dem Stüber ein Zufall war. Irgendetwas wird in Bälde geschehen. Etwas Entscheidendes wird sich ereignen. – Aber was?«

Zunächst ereignete sich nichts Ungewöhnliches mehr. Wenn man davon absieht, dass sich der Himmel kurzzeitig verfinsterte. Die weiteren Reden fesselten Buchbinders und de La Tours Aufmerksamkeit nicht. Nur einmal blickten sie auf, als Wirth von einem Frankfurter Gelehrten ein Ehrenschwert überreicht bekam. Fast war es ihnen, als sollte diese Geste symbolischen Charakter haben. Denn in der Folge wurde immer heftiger und strittiger diskutiert, wie man die formulierten hehren Ziele würde erreichen können. Als von *Revolution* und *Waffengang* die Rede war, ging ein Platzregen nieder, der kurzfristig für Abkühlung sorgte. Abkühlung von der Hitze des Tages. Aber auch Abkühlung gegenüber der Stimmung, die sich im Tagesverlauf bei einigen Festteilnehmern aufgeheizt hatte. Selbst die Unruhe durch die Zwischenfälle hatte sich gelegt. Nunmehr sah man verstärkt Paare Arm in Arm wandeln. Gelegentlich hörte man ein freudiges *Hurrah,* oder jemand sprach einen Toast auf die wagemutigen Redner aus. Beim Tanze ging es gar lustig zu. Doch schon bald wuchsen bei Buchbinder und de La Tour die Sorgen und Bedenken erneut. Denn Wein und Bier flossen in Strömen. Man war wie im Rausch. Manch einer der Teilnehmer schien zu glauben, es heute mit ganz Europa aufnehmen zu können. Zu späterer Stunde würde es in den Gasthäusern und Weinschänken gewiss auch noch hoch hergehen, waren sich de La Tour und Buchbinder sicher.

»Wenn ich die schwarz-rot-goldene Fahne dort auf der höchsten Zinne der Ruine flattern sehe, überkommen mich gemischte Gefühle«, bekannte Buchbinder, was sein Schwiegervater bestätigte, als das Banner einige Tage später eingeholt wurde. Gewiss: Die gehörten Appelle und Visionen hatten sie, ebenso wie einen Großteil der Gäste, berührt. Sie würden in nächster Zeit zu Festwiederholungen an zahlreichen anderen Orten ermuntern, wobei der euphorische Ruf nach *Freiheit* erschallen würde. Allein: Man ging hinsichtlich des weiteren Vorgehens ergebnislos auseinander. *Ein jeder nach seinem Gutdünken* war die Parole, die für manch einen Handlungswilligen, der auf eine unmittelbar folgende politische Erhebung hoffte, nur Unzufriedenheit zurückließ.

Buchbinder und de La Tour atmeten jedoch kurzfristig auf: Denn Siebenpfeiffer und Wirth hatten die Großkundgebung fürs Erste unbeschadet überstanden.

Sechsundzwanzig

Homburg, gut zwei Wochen nach den Hambacher Feierlichkeiten:

»Herr Buchbinder und Monsieur de La Tour – bitte folgen Sie mir möglichst unauffällig. Darum bitte ich Sie dringendst, auch im Namen von Frau Wirth!«

Die beiden Hamelner wurden bei der Rückkehr nach einer Exkursion durch die Homburger Schlossberghöhlen unweit des Marktes abgefangen.

»Pfarrer Freisinger, wir kennen uns«, sprach Ludwig Buchbinder erstaunt. »Gleich am ersten Tag meiner Ankunft in Homburg sind wir uns im Wirthschen Haus begegnet. Was überraschen Sie uns mit diesem geheimnisvollen Empfang?«

»Bitte folgen Sie mir schnell. Man sollte uns tunlichst nicht bemerken. Ich erkläre Ihnen gleich alles, was Sie verständlicherweise irritiert. Doch zuerst muss ich Sie in Sicherheit bringen.«

Buchbinder und de La Tour folgten der Aufforderung des Pfarrers. Durch eine nur angelehnte Tür huschten sie in das Pfarrhaus, wo sie den jungen Distler antrafen. Kreidebleich erschien ihnen der Student.

»Wirth und Siebenpfeiffer sind verhaftet worden«, eröffnete ihnen der Pfarrer. »Und auch Sie werden ebenso wie unser Freund Distler gesucht. Sie sind als *arglistige Aufwiegler* und *Landfriedensbrecher* denunziert worden, während sich Wirth und Siebenpfeiffer der Anklage stellen müssen, sie hätten zur allgemeinen Bewaffnung aufgefordert. Friedrich Schüler und Joseph Savoje scheinen sich erfolgreich ins Ausland abgesetzt zu haben, während zahlreiche andere Beteiligte am Hambacher Fest in Untersuchungshaft genommen worden sind.«

»Aber das kann doch nicht ...« Ludwig Buchbinder war konsterniert, während de La Tour wenig überrascht schien:

»Was ist mit Wirths Ehefrau?«

»Sie hat die Nachricht äußerlich gefasst entgegengenommen. Nun ja. Es ist noch nicht lange her, dass sie Vergleichbares erlebt hat. Natürlich hofft sie, dass ihr Mann ähnlich schnell wieder aus der Haft entlassen wird.«

»Wie Sie das sagen, Pfarrer, klingt es aus Ihrem Munde weniger zuversichtlich?«, fragte de La Tour.

»Ich fürchte, dass die Anklage nach den aufsehenerregenden Feierlichkeiten in Neustadt eine zu gewichtige neue Dimension erhalten haben könnte. Die beiden Hefte, die Wirth und der Neustädter Redaktionsausschuss im Nachgang des Festes mit sämtlichen Reden aller Beteiligten verfasst und herausgegeben hat, könnten ihm zum Verhängnis werden. Dass man Exempel statuieren sollte, ist in den Reihen der Regierungstreuen in den letzten Wochen schon häufiger gefordert worden.«

»Gab es besondere Vorkommnisse bei den Verhaftungen?«, informierte sich de La Tour, der nach wie vor sehr besonnen wirkte.

»Soweit ich weiß wurde Siebenpfeiffer während der Nacht von mehreren Gendarmen aus seiner Haardtschen Wohnung geholt. Er soll sich nicht widersetzt haben. Und Wirth … Seine Ehefrau hat bestätigt, dass es bei einem ersten Verhaftungsversuch wohl Formfehler gegeben habe. Daraufhin hat sich ihr Mann aber in Zweibrücken offenbar selbst gestellt.«

»Was? Wie?« Perplex schüttelte Buchbinder den Kopf. »Warum das denn?«, fragte er ungläubig.

»Er habe nichts Unrechtmäßiges getan, versichert er. Offensichtlich ist er sich sicher, dass man ihm seine oppositionelle Haltung nicht als Illegalität auslegen können wird.«

Entgeistert und über so viel Naivität verwundert blickte de La Tour in die Runde.

»Und Ihnen wirft man auch Aufwiegeleien vor?«, fragte er an Distler gewandt.

»Distler ist gleich zu mir gekommen, als er einen Brigadier an der Haustür seiner Vermieterin hat stehen sehen«, kam der Pfarrer einer

Antwort des Studenten zuvor. »Er hat Angst vor einer Denunziation durch den Landkommissär.«

»Verstehe«, sagte de La Tour knapp. »Da stecken wir nun also allesamt in der Bredouille. Und Sie, Pfarrer, sind Sie auch ein Staatsfeind?«

»Wenn man herausbekommt, dass ich Sie …«

»Das darf nicht sein«, unterbrach de La Tour den Pfarrer und wandte sich zur Tür: »Daher …«

»Das können Sie nicht wirklich tun«, erwiderte Freisinger und blockierte mit seiner hochgewachsenen Statur den Ausgang.

Da erschien des Pfarrers Frau: »Die Herren sollten erst mal etwas Nahrhaftes zu sich nehmen. Vielleicht findet sich dann ein Ausweg leichter«, äußerte sie beruhigend. »Ich hätte Gebreedelde für die Herren. — Bratkartoffeln mit Leberwurst oder mit Zwiebeln und Speck, wie es Ihnen beliebt«, erläuterte sie.

Als de La Tour mit einem Dank für die Einladung ansetzte und zu verstehen geben wollte, dass er im Augenblick eher wenig Appetit verspüre, klopfte es aufgeregt an der Tür.

Erschrocken blickte man sich kurz an, dann öffnete der Pfarrer hastig eine Kellerluke und gab den Männern einen Wink:

»Distler, ich habe Ihnen gezeigt, wo Sie sich verbergen können«, raunte er. »Führen Sie die Herren zu dem Versteck!«

Ein kurzes Kopfnicken. Und Distler verschwand bereits in dem düsteren Loch. Auch Buchbinder und de La Tour glitten geschwind die Stiege hinunter und tasteten sich zu einem Hohlraum hinter viel Gerümpel. Hier sorgte ein schmaler Spalt im Mauerwerk für ein diffuses Licht; genug, um sich ein wenig orientieren zu können. Zwischen der Aufschüttung eines Kohlenvorrats und dem Lager von Waren duckten sie sich. Regale mit unzähligen Weinflaschen und etliche Fässer boten einen guten Sichtschutz. Distlers innere Unruhe und Herzklopfen waren förmlich zu spüren, während die Männer gespannt warteten ...

Es dauerte nicht lange, bis der Pfarrer wieder erschien und ihnen bedeutete, dass keine Gefahr drohe. »Es war nur ein Bote eines Amtskollegen aus Zweibrücken«, ließ er wissen. »Er brachte Neuigkeiten über den Verbleib von Wirth und Siebenpfeiffer.« Dann fasste Pfarrer Freisinger zusammen, dass die Verhafteten in einem Schnellverfahren vom angeblichen *Aufruf zum Umsturz gegen die deutsche Verfassung* freigesprochen worden waren.

»Die meisten Geschworenen sind unsere Gesinnungsgenossen«, erläuterte der Pfarrer, der dennoch besorgt dreinblickte:

»Leider wurden unsere Freunde jedoch unmittelbar nach dem Verfahren dem Zuchtpolizeigericht überstellt. Dort wurden sie zu einer zweijährigen Haftstrafe verurteilt. *Wegen Beleidigungen, Bedrohungen und Anrempelungen von Amtspersonen*, heißt es angeblich.«

»Aber das ist doch …«, empörte sich de La Tour über so viel dreiste Willkür. »Das klingt ganz danach, als ob unser *sehr geschätzter* Kommissär seine Finger im Spiel hat. Hat er?«

Der Pfarrer schien seine Antwort wohl abwägen zu wollen: »Ich möchte nicht schlecht über ihn sprechen. Womöglich tue ich ihm sogar unrecht, aber … Der Landkommissär ist ein Mensch, der seine Bedeutungslosigkeit nicht ertragen kann und hat sich in eine Position gebracht … Nun, er ist zweifelsohne nicht ohne Einfluss …«

»Gibt es eine Berufungsinstanz?«, fiel Ludwig Buchbinder dem Pfarrer ins Wort.

Pfarrer Freisinger schüttelte den Kopf und wirkte sehr zerknirscht, als er mitteilte: »Bereits in den nächsten Tagen werden unsere Freunde ins Zentralgefängnis nach Kaiserslautern verlegt.«

Es war eine schockierend deprimierende Nachricht. Man erwog Möglichkeiten, wie man den Verurteilten Hilfe zukommen lassen könnte, wobei der Pfarrer immer wieder zu verstehen gab:

»Sie selbst werden doch gesucht. Wie können Sie sich der Gefahr aussetzen wollen ...«

»Ich. Ich kann. Ich werde es wagen«, sprach Distler, der sich bislang sehr zurückgehalten hatte, auf einmal sehr bestimmt. Die Männer blickten den Studenten ungläubig an.

»Mit meinen Freunden zusammen kann ich einen Befreiungsversuch wagen. Ich kann es schaffen!«

»Sie?« Energisch lehnte der Pfarrer Distlers Ansinnen ab: »Schlagen Sie sich das aus dem Kopf, Distler! Sie werden nicht weit kommen, wenn wir nicht äußerste Vorsicht walten lassen!«

Doch Distler ließ sich von seinem Vorhaben nicht abbringen. »Es ist für mich ... Es ist die einzige Möglichkeit. Ich meine, wenn Conrad noch unter uns weilte ... Er würde es auch versuchen. Lassen Sie es mich probieren!«

Distler atmete schwer, als er seine Entscheidung kundgetan hatte, die ihm viel Respekt von Buchbinder und de La Tour einbrachte. Und der Franzose äußerte seine Zustimmung, nachdem sie einen Plan entwickelt hatten. »Auch wir können unsere Schutzbefohlenen jetzt nicht tatenlos ihrem Schicksal überlassen. Wir sollten es wagen!«

Siebenundzwanzig

Einige Tage später: Es war trocken und mild. Allerdings war der überaus helle Mondschein nicht die günstigste Voraussetzung für den geplanten Befreiungsversuch. Dennoch setzte sich der Trupp langsam in Bewegung, der sich kurzfristig bei den Homburger Schlossberghöhlen versammelt hatte.

Vorne ritten Distler, der Knecht des Schwarzenacker Gutshofs und der junge Flößer, der das Kommando über die Angriffsgruppe übernommen hatte.

Mit einem kleinen Abstand folgte der Küfer mit seinem Karren, der Ludwig Buchbinder vor nunmehr zwei Monaten nach Homburg gebracht hatte. Pfarrer Freisinger hatte ihn in Zweibrücken ausfindig machen und schnell zur Beteiligung an dem gewagten Vorhaben gewinnen können. Unter einer von zwei von dem Karren transportierten umgestülpten Holzbadewannen hockte Regina Wirth mit ihren Kindern. Der andere Bottich war als Versteckmöglichkeit für Siebenpfeiffer und Wirth vorgesehen. Ludwig Buchbinder hatte Mitleid mit der Wirthschen und ihren Kindern. Hatte er doch noch allzu gut in Erinnerung, wie ungemütlich seine einstige Beförderung bei dieser Beengtheit gewesen war. Selbst wenn der Fuhrwerker nur ein gemäßigtes

Tempo einschlug, gab es etliche Stöße auf dem rumpelnden Wagen.

Buchbinder und de La Tour bildeten die Nachhut. Sie ritten auf Pferden, die ihnen der alte Stüber zur Verfügung gestellt hatte. Auch er hatte sich für eine Unterstützung des Befreiungstrupps bereitgefunden. Wegen seiner Verbundenheit zu seinem österreichischen Mieter hatte er eine aktive Beteiligung jedoch abgelehnt. Dennoch war ihm eine Schadenfreude bei dem Gedanken daran, der verhassten bayerischen Regierungsmacht ein Schnippchen schlagen zu können, anzumerken gewesen. Das hatte ihn zudem bewogen, die jungen Leute mit Waffen auszustatten. Während Buchbinder unbewaffnet war und sich um zwei Ersatzpferde kümmerte, führte de La Tour Wirths Ehrenschwert bei sich, das Regina ihm ausgehändigt hatte.

Es war nicht einfach gewesen, binnen kürzester Zeit unbemerkt all die notwendigen Vorbereitungen aus der Abgeschiedenheit des Verstecks im Pfarrhaus treffen zu können. Umso dankbarer musste man dem Pfarrer für seine Mithilfe sein. Über seinem Boten war ihnen am frühen Abend bekannt gemacht worden, dass der heutige Gefangenentransport um zwei Stunden vorverlegt worden war. Also war schnell zu handeln gewesen, was außergewöhnlich unproblematisch vonstattenging. Es erwies sich, dass die Informationskette funktionierte und die Absprachen exakt eingehalten werden konnten. Blieb zu hoffen, dass es auch hinsichtlich der letzten Meldung keine böse Überraschung gäbe: Denn der Transport der Gefangenen in einer Chaise würde angeblich von einer nur zwei Bewachern umfassenden Eskorte begleitet werden.

Es ging zunächst nur langsam vorwärts, bis die selbsternannten Befreier nördlich von Homburg auf die Chaussee nach Kaiserslautern gelangten. Sie kannten den Weg gut. Selbst Buchbinder und de La Tour war die Route nicht mehr unbekannt, denn man hatte sie erst kürzlich auf dem Weg zum Hambacher Fest bis Neustadt genutzt.

Eine knappe halbe Stunde später erreichten sie in der Nähe eines einsam gelegenen ehemaligen Gutshofs, dem *Bruchhof*, die Stelle, die sie sich als Tatort ausersehen hatten. Hier stieg die Chaussee merklich an, so dass ein nur schrittweises Vorankommen des Gefangenentransports möglich sein würde. Zudem bot die Gegend eine ausgezeichnete Deckung. Die drei jungen Burschen legten sich etwa dreihundert Schritt entfernt auf die Lauer und warteten auf ein Zeichen de La Tours, das alsbald ertönte.

Kaum war die Kutsche auf Höhe der Verbündeten angelangt, stürmten zwei der Angreifer aus ihrem Versteck hervor. Der Knecht des alten Stüber griff den beiden Pferden in die Zügel, derweil der Flößer Warnschüsse auf den Kutscher abgab, der geistesgegenwärtig einen gewagten Satz von seinem Kutschbock unternahm. Es gelang ihm, sich aus der Schusslinie zu begeben und unbemerkt im Unterholz zu verschwinden.

Während der Knecht sich nun mühte, den Kutschwagen in den Chausseegraben zu lenken, sprangen ein Oberlieutenant und ein Brigadier behände aus dem Gefährt. Dabei wurden sie mit mehreren Schüssen aus der Pistole des Flößers empfangen, die gewollt oder auch nicht ihr Ziel verfehlten.

Die Kutsche neigte sich zur Seite. »Der Teufel soll sie holen«, fluchte der Lieutenant und stürzte sich auf den Flößer, dem er einen Säbelhieb zu verpassen trachtete. Dessen Abwehr war geschwächt, da in Ermangelung von Munition seine Waffe nutzlos geworden war. Durch einen beherzten Sprung in den Graben wich der Flößer dem Hieb aus, konnte nun jedoch nicht vermeiden, dass der Beamte ein Umkippen des Wagens verhinderte. Jetzt hatte Distler seinen Einsatz, der das Eingreifen des Brigadiers durch wiederholtes Pistolenfeuer unterband. Unterdessen war der Flößer wieder auf die Beine gekommen. Schnell schnitt er einem der Pferde die Stränge durch, bevor er sich erneut einem säbelschwingenden Angriff des Lieutenants ausgesetzt sah.

Während das Pferd davonstob, wehrte er mit einem Knüppel, den er im Graben gefunden hatte, auch diese Attacke ab.

In dem Moment, da dem Lieutenant ein gezielter Tritt zwischen die Beine verpasst wurde, riss Distler den Kutschschlag auf und verschaffte Siebenpfeiffer eine Fluchtmöglichkeit. Der zog sich schnell zurück und ließ sich von Buchbinder seine Handfesseln abnehmen.

Auf den Befreiungsversuch aufmerksam geworden, gelang es dem Brigadier, den auf Wirths Seite befindlichen Wagenschlag zu öffnen, sich ins Innere zu retten und den bewegungslos dasitzenden Wirth als Schutzschild zu missbrauchen.

Doch nur wenige Augenblicke später purzelten die beiden Insassen übereinander. Denn von dem Tumult scheu geworden ging das verbliebene Pferd mit dem Wagen durch.

Der Knecht stolperte als erster der Kutsche hinterher.

»Distler, nein!«, schrie nun de La Tour, der nicht vermeiden konnte, dass der Student einmal auf das Gefährt feuerte – mit Folgen. Wie sich später herausstellte, war die Pistolenkugel durch den Wagen gedrungen und hatte Wirth an der Schulter getroffen. Gottlob hatte der Einschlag an Kraft verloren, und Wirth war mit einem Streifschuss davongekommen.

In der Zwischenzeit hatte der Flößer Wirths Ehrenschwert gegriffen und mit einem Streich den Lieutenant außer Gefecht gesetzt.

All das geschah innerhalb weniger Minuten. Im Durcheinander setzte man dem davoneilenden Wagen nach und bemerkte erst zu spät, dass der Kutscher sich heimlich eines der Pferde bemächtigte und im wilden Galopp in Richtung Homburg davonjagte. Eine Verfolgung schien aussichtslos. Und so konzentrierte man sich darauf, auch Wirths Befreiung zum Ende zu bringen. Knapp eine halbe Viertelstunde später hatten die Angreifer den Gefangenenwagen eingeholt. Auch der Küfer war mit der Wirthschen und ihren Kindern gefolgt. Zudem hatte er den gefesselten verletzten Lieutenant aufgeladen.

Als der Kutschwagen gestellt war, erlebte man jedoch eine unangenehme Überraschung.

Es trat eine spannungsgeladene Stille ein. Denn der Brigadier war in eine Ecke der Chaise zurückgewichen und bedrohte Wirth mit einem Messer. Grimmig schaute der Flößer nun drein. Denn er erkannte, dass er mit seiner Pistole im Anschlag augenblicklich wenig ausrichten konnte.

»Nein! – Nicht!«, mahnte Wirth. »Nicht auf diese Weise! Fügt meinem Bewacher kein Leid zu. Er geht nur seiner Arbeit nach, wie auch wir unserer Berufung folgen. Ich möchte, dass die Fahrt fortgesetzt wird.«

Ungläubig starrte der Flößer den Journalisten an. Da zeigte sich der Student Distler:

»Aber Herr Wirth, das kann nicht sein! Ihre Familie, Ihre Freunde und auch wir … Wir alle brauchen Sie doch. Wenn wir Ihre Bewacher laufen lassen …«

»Dann sind Sie alle nicht mehr Ihres Lebens sicher? Das wollten Sie doch sagen, stimmt's? – Distler, ich weiß Ihren Mut zu schätzen, aber … Es wäre eine Torheit zu flüchten, um in der Fremde ruhig und zurückgezogen leben zu müssen. Ich hasse jede Art von Flucht. Flucht ist etwas Schnödes. Ich denke nicht daran. Für einen Oppositionspolitiker ist es unwürdig, sich einem richterlichen Urteil zu verweigern. Selbst wenn uns die Strafe noch so ungerechtfertigt erscheint. – Fliehen Sie nach Frankreich, und lassen Sie mich meine Bestrafung absitzen!«

Bei diesen Worten schüttelte Siebenpfeiffer seinen Kopf. Er wusste um die Einstellung seines Freundes. Er für seinen Teil mochte diese Einstellung nicht teilen, zumal ihm soeben von de La Tour zugeraunt worden war, dass sich seine Frau und seine Tochter bereits auf dem Weg ins französische Weißenburg befanden. Das teilte er seinem Freund mit, wobei er provozierte:

»Willst du in den nächsten zwei Jahren wirklich immerzu nur Socken stricken, Johann?«

Doch auch durch diese Worte, die Wirth die demütigende Art und Weise der Gefängnisbestrafung vor Augen führten, ließ sich Siebenpfeiffers Freund nicht beirren. Daraufhin zeigte sich Regina:

»Johann, zügele deinen Stolz! Sieh her! Hier sind deine Kinder Max, Franz Ulpian und die kleine Rosalie, die dich brauchen!«

Das gab Wirth einen Stich. Er hatte nicht die Kraft, den Blicken seiner Kinder zu begegnen.

»Frau, zerreiß mir doch nicht das Herz! Sie werden die kurze Zeit auch ohne mich ... Schau, ich werde weiterhin Artikel schreiben, die du an Cotta verkaufen kannst. Dann wird euch an nichts fehlen. Es ist doch schließlich beinahe egal, ob ich zuhause schreibe oder im ...«

Er brach seine Erwiderungen ab und schaute flehend zu Siebenpfeiffer:

»Mein Freund, wir haben bisher allen Gefahren gemeinsam getrotzt. Jetzt ist es an dir: Führe meine Familie an einen sicheren Ort. Ich bitte dich! Und beeilt euch. Denn der Kutscher wird bald zurück sein mit einer Verstärkung, der ihr kaum entkommen könnt! Gebt auf euch acht! Und lasst mich meiner Wege ziehen!«

Achtundzwanzig

Wirth war es anzumerken gewesen, dass er selber merkte, wie im Verlauf seines merkwürdigen Plädoyers seine Einwände immer mehr an Kraft verloren. Wie seine Willenskraft, einer Flucht zu trotzen, zu erlöschen drohte. Er hatte die Diskrepanz gespürt zwischen dem, was er fühlte und dem, was sein Mund sagte. Beinahe erleichtert hatte er sich zurückgelehnt, als er mitbekam, dass sich Siebenpfeiffer zu Regina und den Kindern auf den Karren begab. Und als das Rumpeln des sich entfernenden Gefährts zu vernehmen war, entspannte sich auch der Brigadier, dem jedoch Unheil schwante. Denn immerhin hatte er einen wichtigen Gefangenen entkommen lassen.

»So, mein verehrter Aufpasser«, hatte Siebenpfeiffer kurz vor seiner Flucht aus der Gefangenschaft nicht ohne Ironie an de La Tour gewandt gesprochen, »wohin soll die Reise nun gehen?«

»Die Grenzen werden schnell dicht gemacht sein, wenn man in Homburg von unserer Attacke erfährt. Zudem müssen wir uns sputen, denn wenn der Kutscher von dem Überfall berichtet, werden sich unsere Verfolger in der Tat bald sehen lassen, fürchte ich. Daher schlage ich vor, dass wir uns hier trennen: Mein Schwiegersohn, der Distler und ich ... Wir werden dem Brigadier und Wirth nachsetzen. In der Hoffnung, dass mögliche Verfolger auf unserer Fährte bleiben. Derweil wird der Küfer Sie und Wirths Familie nach Breitenbach bringen. Dort können Sie durch einen Bergwerksstollen …«

»Ist mir bekannt, de La Tour. Ich bin hier jahrelang Landkommissär gewesen und kenne den Schmugglerweg«, unterbrach ihn Siebenpfeiffer. »Wenn es mir gelingt mich nach Frankreich abzusetzen, werde ich mich zuerst in Richtung Metz orientieren und mich später nach Weißenburg wenden. Was ist mit den anderen beiden Burschen? Die sind mir nicht wirklich geheuer.«

»Auf deren Unterstützung sollten Sie nicht verzichten, Doktor. Wir können nicht wissen, was Ihnen unterwegs noch widerfährt. Und den verletzten Lieutenant sollten Sie auch mitnehmen. Falls man Sie doch vorzeitig wieder aufspüren sollte, könnten Sie ihn …«

Siebenpfeiffer ließ de La Tour nicht ausreden. Offenbar gefiel ihm der Plan. Erstmalig begegneten sich die beiden Männer auf Augenhöhe. »So werden wir's machen. Ich danke Ihnen für Ihre Hilfe, Franzose. Grüßen Sie meinen Doktorvater von mir, sollten Sie ihn jemals wiedertreffen! Er hat mit Ihnen einen sehr hartnäckigen … Nun ja, vielleicht gelingt es Ihnen sogar, unseren Freund Wirth zur Besinnung zu bringen. Leben Sie wohl!«

Die beiden Männer verabschiedeten sich mit einem kräftigen Händedruck. Als sie sich in die Augen sahen, spürte de La Tour, dass Siebenpfeiffers Dank ehrlicher Art war. Dann eilten sich der Franzose, sein Schwiegersohn und der Student Distler, um den Gefangenentransporter wieder einzuholen.

Der Brigadier hatte vor der Weiterfahrt seinen Gefangenen auf den Kutschbock bugsiert, um etwaige Gegner von einem möglicherweise weiteren Angriff abzuhalten. Ihm war sehr unwohl, obwohl er sich der ersten Ortschaft auf dem weiteren Weg nach Kaiserslautern schnell näherte. Kurz vor Bruchmühlbach hielt er das Gefährt an und offenbarte Wirth, was er sich überlegt hatte. Tatsächlich hatte er sehr intuitiv eine Entscheidung getroffen, als er wieder Pferdegetrappel hinter sich vernommen hatte. Für ihn war der Auftrag hier erledigt. Ihm stand nicht der Sinn danach, sich erneut in die Schusslinie dieser unbeugsamen Taugenichtse zu begeben. Wofür auch?

Gefesselt ließ er Wirth in der Chaise zurück. Dann schwang er sich auf das letzte Pferd und ritt schleunigst davon.

Buchbinder, de La Tour und Distler staunten nicht schlecht, als sie bei dem Kutschwagen angelangt waren. Erst jetzt bemerkten sie Wirths Verletzung, die sich aber als Bagatelle heraus-stellte.

»Der Brigadier plant ab Bruchmühlbach eine Extrapost zu nehmen. Es ist ihm zu heikel, sich in die Hände der Justiz zu begeben. Er traut seinen Vorgesetzten nicht über den Weg und ist sich sicher, dass man ihm sein Versagen sehr übel-nehmen könnte. Ein Schuft, der nicht Manns genug ist, seinen Vorgesetzten gegenüber sein Versagen einzugestehen. Lieber sucht er feige das Weite. Möglicherweise zieht's ihn ebenfalls nach Frankreich, wo er lieber an der Cholera kre-piert«, kommentierte Wirth das unehrenhafte Verhalten des Soldaten verständnislos.

De La Tour zuckte mit den Schultern. Als ob sich die Cholera an der Grenze zum Rheinkreis aufhalten ließe. Der Hamelner Apotheker Sertürner war der Meinung, dass der Erreger ein giftiges sich selbst fortpflanzendes Wesen sei, ging es dem Franzosen durch den Kopf. Liefen sie nicht alle Gefahr, bald gleichermaßen zu erkran-ken? Diese Sorge trieb ihn schon um, seitdem ihm vor Wochen der Grenzer die Einreise nach Bayern verwehrt hatte. Und überhaupt: Hatte Wirth schon vergessen, dass seine Frau, seine Kinder und auch sein Freund Siebenpfeiffer ebenfalls dieses Wagnis eingingen?

»Kommen Sie jetzt mit uns, Wirth. Oder erscheint Ihnen die Flucht immer noch abwegig – vielleicht sogar feige?«

»Wir werden ohnehin nicht weit kommen. Das ist auch die Meinung des Brigadiers. Haag und seine Leute werden gewiss nicht mehr weit entfernt sein«, klagte Wirth.

»Das könnte eintreffen, wenn wir hier noch lange schwätzen. Wir werden nach Homburg zurückreiten.«

»Aber …«

»Dort gilt es noch etwas zu erledigen«, sagte de La Tour bestimmt.

»Aber …«

»Wir nehmen einen parallelen Weg. Durch den Wald oberhalb der Chaussee führt ein Pfad des Jakobsweges. Ohne Wagen dürfte es für uns keine Probleme geben. Wenn wir diesen Pilgerweg nehmen, gelangen wir bis zur Homburger Schlossruine. Distler kennt den Verlauf der Route.«

»Aber man wird uns dort aufspüren können … bei dem Mondlicht«, wendete Wirth ein.

De La Tour ignorierte Wirths Zaudern. »Es wird Zeit, Wirth. Wir sollten uns einen guten Vorsprung verschaffen!«

De La Tours Plan ging auf. Beinahe. Denn Wirth hatte mit seinem Einwand nicht unrecht gehabt.

Haag und eine Gruppe von Gendarmen waren ihnen schnell auf den Fersen.

Sie trieben ihre Pferde an. So schnell, wie die Tiere es zuließen, jagten sie einen Hang hinauf. Dann mussten sie Obacht geben. Vorsichtig passierten sie ein Gelände, auf dem bis vor wenigen Jahrzehnten ein prunkvolles Schloss die Gegend dominiert hatte. An die von den Franzosen geplünderte ehemalige herzogliche Residenz erinnerten nur noch wenige bis knapp oberhalb des Erdbodens abgetragene Mauerreste. Sie bildeten sehr tückische Stolperfallen.

Vorbei an einem Weiher konnten sie auf einem steigenden felsigen Pfad ihren Vorsprung nur mit Mühe halten. Hier war das Pferdegetrappel der Verfolger unüberhörbar.

Als sie den Rücken des Schlossbergs mit der Ruine der Hohenburg erreichten, gelang es ihnen, die Mannen um Haag kurzfristig abzuhängen. Denn an dieser Stelle gab es mehrere Möglichkeiten der weiteren Flucht. Zudem bestanden etliche Gelegenheiten sich zu verschanzen oder sich sogar zu den Schlossberghöhlen hinabzubegeben. Doch die Verfolger ließen sich nicht beirren. Schließlich mussten sie davon ausgehen, dass sich die Flüchtenden weiter nach Süden zur französischen Grenze wenden würden.

Im Bereich eines keltischen Grabhügels bis hin zum Anstieg auf die Kuppe einer Anhöhe war der Waldboden eben, sodass man die Pferde galoppieren lassen konnte. Nachdem die Ostflanke dieses Berges passiert war, führte an der Südseite ein steiler Abstieg über zum Teil ausgewaschene windungsarme Pfade in ein sumpfiges Gebiet des Lambsbachs. Natürlich traten auf dieser Etappe Verzögerungen ein. Beinahe konnten die Flüchtenden von den Verfolgern gestellt werden. Doch als sie die Hindernisse bewältigt hatten und der Weg jetzt auch die erhöhte Aufmerksamkeit ihrer Gegner forderte, ging es für de La Tour, Buchbinder, Wirth und Distler durch das Lambsbachtal zügig voran. Der seichte Bach stellte für Reiter und Tier keine Probleme dar.

Unweit des Schwarzenacker Hofes erreichten sie die Chaussee nach Zweibrücken. Hier mündete nahe beim Erbach auch der Lambsbach in die Blies. Diese Stelle erkannte Ludwig Buchbinder sofort wieder. In unmittelbarer Nähe hatte er während seiner ersten Wanderung nach Schwarzenacker die Begegnung mit den Flößern gehabt.

Unglücklicherweise waren die Flüchtenden auf dem jetzt freien Gelände für ihre Häscher gut auszumachen. Zu gut. Da gab es nur noch eine Rettung. Schon war das schmiedeeiserne Tor zum Schwarzenacker Gutshof zu sehen. Die goldfarbenen Ornamente leuchteten vom Mondlicht angestrahlt.

Neunundzwanzig

De La Tour stieß das Tor auf und führte die Pferde eiligst zu den Ställen. Dann huschte er mit seinen Begleitern zügig zum Ausgrabungsgelände, um sich im Brunnenschacht zu verstecken. Als sie an dem Brunnen anlangten, nahm er wahr, dass auch die Verfolger das Anwesen erreicht hatten. Sie waren schnell. Zu schnell.

Schon bellte Oberleutnant Greulich Befehle, während Haag schnurstracks auf das Eingangsportal des Edelhauses zumarschierte. Lautstark begehrte er Einlass.

De La Tour hatte seine Begleiter angewiesen sich in den Brunnen abzuseilen. Als Letzter begann er in dem Moment den eigenen Abstieg, als er die Silhouette vom alten Stüber im hell erleuchteten Eingangsbereich des herrschaftlichen Hauses ausmachte. Dort schien es zu einer Auseinandersetzung zu kommen.

Die weiteren Vorgänge nahm de La Tour nicht mehr wahr, denn er hatte bereits den Brunnenrand überwunden und ließ sich in die Finsternis des Verstecks hinab. Sekundenbruchteile später machte es einen Plumps. Der Aufprall war hart und hinterließ einen stechenden Schmerz. Als der Franzose sich erhob und seine schmerzenden Glieder reckte und massierte, hielt er nur noch das kurze Ende des verrotteten Seils in Händen.

Wütend warf er es beiseite. Mit einem Mal wurde ihm klar, dass es aus dem Versteck an dieser Stelle kaum ein Entrinnen würde geben können. Blieb zu hoffen, dass der Österreicher seine Zusagen eingehalten hatte, die dem Franzosen bei jener ersten Begegnung zugeraunt worden waren – seinerzeit, als er das erste Mal in diesem alten Schacht seine Erkundigungen eingezogen hatte. Damals hatte das Tageslicht immerhin für hinreichend gute Sicht gesorgt. Jetzt fühlte er sich mit seinen Gefährten eher als Gefangener der altertümlichen Bauwerke.

Derweil lauschte eine junge Frau entsetzt an der Tür ihrer Schlafkammer. Die Stimmen, die durch das Edelhaus hallten, waren ihr allzu bekannt. Das, was Fanny Heisel vernahm, ließ sie verzweifelt die Hand vor den Mund schlagen, auch wenn sie die Vorgänge nicht einmal annähernd überblicken und beurteilen konnte.

Greulich und Haag waren rücksichtslos in die Villa eingedrungen.

»Sie verletzen die Souveränität des österreichischen Hoheitsgebiets«, hatte der alte Stüber die unwillkommenen Besucher vergeblich aufzuhalten versucht.

»So sieht man sich wieder, alter Mann! – Aus dem Weg!« Der Kommissär geiferte: »Ihr sogenannter *Souverän* steht im Verdacht, kriminellem Gesindel Zuflucht gewährt zu haben.«

»Selbst wenn dem so wäre, hätten Sie kein Recht ...«

Es war ein letztes Aufbegehren des Hofbesitzers gewesen. Kurzerhand hatte Haag den Alten vom Oberlieutenant festnehmen lassen.

»Weisen Sie Ihre Leute an, uns nicht zu stören«, hatte der Kommissär von Greulich verlangt und dann dem Gefangenen befohlen:

»Und nun voran! Führen Sie uns zur Gesandtschaft Seiner Kaiserlichen Hoheit.«

Ein despektierlicher Unterton war in Haags Worten mitgeschwungen.

Wenig später fanden sich die Eindringlinge in einer Bibliothek wieder. Ein kurzes Zucken der Augenbraue, das Haags Überraschung verriet. Ein leichtes Kopfnicken, das so viel bedeutete wie *Ich habs ja geahnt*. Er umkreiste den reglos an einem Lesepult sitzenden Mann. Wie ein Raubtier, das den geeigneten Zeitpunkt abzupassen trachtete, um sich alsbald auf seine Beute zu stürzen. Die Kreise wurden immer enger gezogen, bis Haag abrupt stehenblieb und seinen Kopf ein wenig neigte.

»Soso. Otto Grimm. Mutiert vom Kartenspieler zum Bücherwurm«, höhnte er. Mit einem gehörigen Ruck zerrte er an dem Sessel des Österreichers, wobei er provozierte: »Hast einen hübschen Thron, Grimm – pardon: Exzellenz, muss ich wohl sagen, wie?«

Es folgte ein übertrieben tiefer Seufzer der Verachtung, während sich Haag aufrichtete. Als er an etlichen Bücherregalen vorbeischritt, gab er vor, einen Blick auf die Buchtitel zu werfen.

»Versteckt sich hinter der Maske eines Diplomaten«, spöttelte er weiter. Beinahe ein wenig amüsiert. Dann schnellte er herum, riss eine Tür auf und inspizierte einen Nachbarraum. Er fand nicht, was er suchte.

Als er in die Bibliothek zurückkehrte, saß der Österreicher immer noch unbeweglich und scheinbar ganz entspannt neben seinem intarsienverzierten Lesepult. Darauf stapelten sich mehrere aufgeschlagene Bände einer Enzyklopädie. Es hatte den Anschein, als wäre er mitten in der Nacht von den Unruhestiftern bei der Lektüre gestört worden.

»Wo hast du sie versteckt?«, wurde er von Haag angeherrscht.

Nach wie vor schwieg der Österreicher und dachte über seine Optionen nach. Dann traf er eine Entscheidung:

»Sie verkennen die Lage, Advokatus«, konstatierte er ruhig, während er sich erhob. Es war auffällig, dass von Hofstaller seinen wienerischen Dialekt zu meiden suchte. Offensichtlich wollte er sich von der Identität des Otto Grimm bewusst distanzieren. So gab er sich zu erkennen: »Ich bin nicht Otto Grimm. Mein Name ist Christian Otto von Hofstaller.«

In aufrechter Haltung schritt er zum Fenster und spähte in die Nacht, die nur durchbrochen wurde von dem vom Vollmond erzeugten hellen Schimmer. Und der Flammenschein von Fackeln durchfraß die Düsternis. Greulichs Gendarmen suchten das Gelände ab. Eine gespenstisch wirkende Szenerie.

Der Österreicher wandte sich um und stellte sich dem Kommissär vis-à-vis. Ernst blickte er ihm in die geweiteten Augen. Haags Mund wirkte wie in einer grotesken Weise verzerrt. Es war ein befremdlicher Gesichtsausdruck, der den Charakter des Kommissärs offenbarte. Ein Minenspiel, das Otto von Hofstaller schon zweimal gesehen hatte. Der Diplomat spürte eine Gänsehaut auf den Armen und im Nacken. Er fühlte, wie sich ein Schweißtropfen den Weg an der Wirbelsäule hinabbahnte. Und er merkte, dass seine Hände feucht wurden, als ihm alles wieder vor Augen trat. Als ihm die Ereignisse bei den Schlossberghöhlen allgegenwärtig wurden. Als er sah, wie Haag Fannys Mann Conrad tötete. Wenn auch nur versehentlich. Denn er hatte den Siebenpfeiffer treffen wollen. Im Gegensatz zu dem unerwarteten Auftritt der beiden Tatzeugen, dem Stallmeister Wulf Bernauer und dem

Schmied Erich Voss, hatte er, Otto, den unsäglichen Vorfall *un*bemerkt belauert. Er, der dem Landkommissär auf Schritt und Tritt gefolgt war. Der ihn schon seit geraumer Zeit im Visier hatte. Denn das war sein Auftrag: Zu ermitteln. Zu beschatten. Die Amtsgeschäfte zu *prüfen*. Manch einer würde sagen: für die Österreicher zu spionieren. Bei den diversen Kartenspielbegegnungen hatte er ausgekundschaftet, dass Haag den Siebenpfeiffer nicht ausstehen konnte. Da war etwas, das seine Ursache in der gemeinsamen Vergangenheit der Kontrahenten hatte. Es war ... – Von Hofstallers Gedankengang brach ab und wanderte wieder zu Bernauer und Voss. *Sie* hatten Haag bei seiner kriminellen Tat *zufällig* überrascht. Als Mitwisser hatten sie Angst vor der Macht des Kommissärs. Vor seiner Amtsautorität. Und sie hatten geschwiegen. Dennoch war ihnen ihr Wissen zum Verhängnis geworden. Bei dem Gedanken daran, dass von Hofstaller ebenfalls mitansehen musste, wie auch sie Opfer des Kommissärs geworden waren, wurde dem Diplomaten schwindelig. Dass Haag in der Folge der Fanny die Schuld in die Schuhe schieben wollte, nagte schon zu viele Wochen an dem Österreicher. Und kasteite ihn. Denn er hatte keine Handhabe gegen den Mörder. Nicht in seiner gegenwärtigen Stellung. Nicht zum jetzigen Zeitpunkt. – Nun stand dieser Mann vor ihm.

Wieder dieser Blick. Erneut würde Haag vor einem Mord nicht zurückschrecken, da war sich Otto von Hofstaller sicher. Aber: Auch wenn er sein Wissen weiterhin nicht offenbaren durfte, empfand er im Moment Genugtuung. Genugtuung, sein selbstgefälliges und skrupelloses Gegenüber auf andere Weise endlich in die Schranken weisen zu können. Er ließ ihn seine Missachtung spüren, indem er sich von ihm abwandte und stattdessen das Wort an den Oberleutnant richtete:

»Greulich, Ihr Befehlshaber ist als kleiner Beamter nicht satisfaktionsfähig für einen Sonderbevollmächtigten der österreichischen Gesandtschaft. Daher weise ich *Sie* darauf hin, dass Sie angehalten sind, für die Unversehrbarkeit dieses Territoriums und seiner Bewohner zu sorgen. Sie werden sich dem Kaiser von Österreich im Deutschen Bund verantworten müssen!«

Die Worte des Österreichers schienen den Oberleutnant zu beeindrucken, denn er stand wie angewurzelt da. Ganz anders war Haags Reaktion:

»Lächerlich, Grimm – oder wie immer du dich nennst. Worin besteht denn wohl deine *Sondervollmacht*? Ich habe dich nur als lausigen Kartenspieler kennengelernt.«

»In der Erkundung der rheinbayerischen Verwaltungspraktiken, Advokatus!«, antwortete von

Hofstaller entschieden. Und fast flüsternd ergänzte er: »Haag, Sie sind erledigt!«

Da entgleisten die Züge des Landkommissärs
noch mehr, und unversehens richtete er eine
kleine doppelläufige Pistole auf den Diplomaten,
der sich jedoch nicht schrecken ließ. Otto von
Hofstaller sprach mit einem traurig zurück-
haltenden und scheinbar wissenden Lächeln:

»Haag, ich habe nichts mehr zu verlieren.« –
Er wies auf das Lesepult mit seinem Bücherberg
und der noch aufgeblätterten Fachzeitschrift
Annalen der Physik und Chemie. »Was empfänden
Sie, wenn ich Ihnen sagte, mich habe die Cholera
ereilt? – Nun? – Dann müssten Sie sich jetzt sorgen, da Sie sich herbegeben haben und Gefahr
laufen, von den Klauen dieser heimtückischen
Krankheit ebenfalls ergriffen zu werden.«

»Du bluffst, Otto. So, wie du es bei unserem
letzten Kartenspiel vergeblich versucht hast. Ich
erinnere mich gut daran. Du bluffst schlecht.«

»Wenn Sie meinen, Haag.« Otto von Hofstaller hob kurz die Schultern, griff in eine Lade
des Lesepults und zückte ein Kartenspiel hervor.
Er ließ die Karten vom Oberleutnant mischen
und austeilen. Die letzte Karte deckte er mit
einer Spur von Belustigung auf. Mit diesem
Kartenblatt hätte er jedes Spiel gewonnen.

Durch diese Geste provoziert fegte Haag mit
einem Handstreich die Karten vom Tisch.

»Trickser! Falschspieler!«, schrie er hitzig. »Jetzt offenbart der Österreicher sein wahres Gesicht! Ein Verräter, der seine Stellung missbraucht, um den Gegnern Bayerns, Österreichs, und Preußens Unterschlupf zu gewähren. – Greulich, nehmen Sie den Betrüger fest!«

Greulich zögerte einen Moment. – Es war ein folgenschwerer Umstand, denn in diesem Augenblick war aus der Ferne die Melodie einer Spieluhr zu vernehmen. Mozartsche Musik, erkannte der Oberlieutenant sofort. Doch gleichzeitig bemerkte er auch, wie von Hofstaller erschrak und alles Blut aus seinem Gesicht wich. Ebenfalls aufmerksam geworden, versuchte Haag die Herkunft der Töne zu orten. Nach systematischer Suche entdeckte er eine Tapetentür, die er voller Argwohn und mit seiner Waffe im Anschlag öffnete.

Ein Frösteln überlief den Österreicher. Die Töne der Spieluhr waren für ihn plötzlich ohrenbetäubend laut. Die Harmonien wirkten auf ihn ungewohnt aggressiv. Schrill. Enervierende Geräusche. Und das Unbehagen wich auch nicht, als die letzten Töne verklungen waren. Missmutig versuchte von Hofstaller schließlich zu beschwichtigen:

»Das ist nur mein Sohn, Haag. Ihr Auftritt zu nächtlicher Stunde ist wohl auch für ihn nicht unbemerkt geblieben.«

»*Dein* Sohn? Willst du mich reinlegen, Grimm? Dann ruf deinen Sohn! Sofort!«

Von Hofstaller ignorierte den Kommissär. Erneut wandte er sich an den Oberlieutenant:

»Mein Sohn wird alleine nicht zu uns finden. Er kann nicht sehen. Bitte machen Sie dem Kommissär klar, dass von einem blinden Kind kaum eine Gefahr ausgehen dürfte. Es besteht keine Notwendigkeit, diesen kleinen Erdenbürger zu schrecken!«

Derart an die Gefühle appelliert, schien Oberlieutenant Greulich ein Einsehen zu haben. Oder regten sich da gar Gewissensbisse? Mittlerweile empfand er die Situation ohnedies als ziemlich abstrus. In der Annahme dem Gesetz zu dienen, war er bisher Haags Anordnungen widerspruchslos gefolgt – ja, beinahe willfährig. Doch mehr und mehr zweifelte er inzwischen an der Rechtmäßigkeit seines Handelns. Sein Argwohn wuchs. Und gleichermaßen der Unmut wegen der Missachtung der Hoheitsrechte. Immer deutlicher sah und fürchtete er die fatalen Folgen mit möglicherweise weitreichenden diplomatischen Konsequenzen. Doch er vermochte es nicht, den Kommissär zur Besonnenheit zu bewegen – im Gegenteil: Er löste einen Tobsuchtsanfall des Amtsmannes aus. Dabei blitzte in Haags Augen Verachtung, als er sich durch den Oberlieutenant immer mehr bedrängt sah. Ein Wort gab das andere. Und es blieb nicht bei einem verbalen Gefecht. In seinem Affekt gab Haag einen Schuss ab. Ein Warnschuss sollte es sein. Doch ein Querschläger zerschlug die Kniescheibe Greulichs, der schreiend zusammenbrach, während er sein blutendes Bein umklammerte.

Haag kam durch diesen unglücklichen Zwischenfall nicht zur Besinnung. Er ignorierte den Verletzten und schrie stattdessen aufgebracht:

»Wenn das kriminelle Gesindel, das ich suche, nicht sofort erscheint, wird es dem Kind ähnlich ergehen«, drohte er lauthals.

Für den Bruchteil einer Sekunde verlor von Hofstaller die Kontrolle über seine Gesichtszüge. Wut, gepaart mit Fassungslosigkeit und Angst, durchströmte ihn. Und ähnlich schreckliche Gefühle befielen auch den alten Stüber, dessen Stirn in tiefen Falten lag. Eine Regung war ihm nicht anzumerken, obwohl er innerlich aufgewühlt war. Er stand wie versteinert da. Handlungsunfähig. Immer noch waren ihm die Hände auf dem Rücken zusammengebunden. Da lag der wimmernde Oberleutnant, dem er nicht helfen konnte. Da musste er mitanhören, was der Österreicher über seinen lebensbedrohlichen Gesundheitszustand andeutete. Doch das Schlimmste geschah jetzt: Mit seiner Waffe hielt Haag ihn sowie den Diplomaten in Schach. Gleichzeitig zerrte er das Kind aus dem Nachbarraum hervor. Als er den Kleinen im Kerzenschein betrachtete, frohlockte er triumphierend:

»Ha, welch ein Glückstag!«

Haag konnte sein Erstaunen nicht verbergen. Und es wurde ihm ein sichtliches Vergnügen, von Hofstaller zu traktieren:

»Na, Grimm. *Dein* Sohn, was? Und wer ist bitteschön die Mutter? Ich sehe eine unfassbare Ähnlichkeit! Frappierend! Rotes Haar. Ein ovales, blasses Gesicht. Der heimtückische Gesichtsausdruck. Naja, der könnte zudem auch von dir stammen, Grimm. … Die Augen: blaugrau, die Nase flach, ein Grübchen am Kinn und … ein Muttermal auf der linken Wange … Na, Grimm, das sollte dir bekannt sein, was? Wie? Wo hast du sie versteckt, Grimm?«

Er warf dem Österreicher einen Steckbrief vor die Füße. In diesem Moment brach hinter ihm ein Furiengeschrei los.

»Lassen Sie Augustin los, Sie impertinente, skrupellose, verabscheuenswürdige Person!«

Fanny war in Rage, als sie über einen kurzen Flur gehetzt, eine Treppe hinuntergestürzt und in die Bibliothek gehastet war. Aufgebracht riss sie ihren Sohn an sich. Dabei blieb sie bebenden Herzens vor Haag stehen. Ihre Augen verengten sich. Die Angst gewann Oberhand. Sie sah in die

Fratze eines Teufels, was ihr die Kehle schließlich zuschnürte.

Von Hofstaller reagierte blitzschnell, da er den kurz abgelenkten, feindselig dreinblickenden Landkommissär beobachtete. Noch einmal griff er in die Lade des Lesepults und zog diesmal eine schussbereite Duellpistole hervor. Doch er war nicht schnell genug. Im zeitlichen Abstand eines Lidschlags blitzte Mündungsfeuer auf. Und Pulverdampf mit seinem Schwefelgeruch hing in zwei kleinen Wolken über dem Lesepult.

Mit einem dumpfen Geräusch stürzte Otto von Hofstaller zu Boden. Derweil griff Haag an seinen Arm und fühlte Blut. Blut aus einer unbedeutenden Wunde, die ein Streifschuss des Österreichers hervorgerufen hatte.

»Mama, is was mit Papa?« Der wienerische Klang in der Stimme des Kindes war unüberhörbar.

»Ach, Augustin …«

Wie von Sinnen warf sich Fanny auf den vor Schmerzen stöhnenden Otto und sah, dass seine Lippen verzweifelt Worte formen wollten. Mit letzter Kraft und leiser, brüchiger Stimme presste er hervor:

»Pass auf … Pass auf unseren Augustin auf, Fanny«. Er sah die Furcht in ihren Augen und ergänzte: »Geh mit … Geh mit Altorf! Altorf wird wie ein Vater zu ihm sein!«

»Altorf? – Otto, ach Otto, *du* bist doch … Ich hätte nie zu dir zurückkommen dürfen – schon garnicht ins Edelhaus«, zeterte sie.

»Aber … Aber natürlich. Du musstest. Du musstest doch zu deinem Kind und – wenigstens ab und an – zum Vater deines Kindes … Hier … «

Er stockte, während Fanny die Tränen in die Augen schossen. Warum nur? Warum war sie nicht bei Otto und dem Kind in Wien geblieben?

»Wir sind doch nicht … sind dir doch nicht ohne Grund gefolgt … in dieses gottverlassene Homburg. Der Augustin und ich … Augustin braucht dich doch. Er braucht doch seine Mutter! Er … Aber jetzt … Hör zu, Fanny – Altorf wird euch helfen!«

Altorf. Vor ihrem inneren Auge sah Fanny den neulich im Edelhaus aufgetauchten Journalisten aus dem Königreich Hannover. Der sich in den Gedanken verrannt hatte, sie finden und ihr helfen zu wollen. Den sogar ihr kleiner Junge liebgewonnen zu haben schien. *Ein guter Vater für Augustin.* – Ihre Gedanken kreisten wie wirr durch ihren Kopf. – *Altorf.* Wo war Altorf eigentlich jetzt? Sollte er von den Tumulten der Nacht nichts mitbekommen haben? Oder durfte sie auf ihn hoffen? Würde er sie aus den Klauen des hinter ihr so siegessicher stehenden mehrfachen Mörders befreien? Ja. Sie wusste Bescheid. Otto hatte es ihr gesagt. Hatte seine Entdeckungen auch Altorf anvertraut. Hier, hier bei Otto, beim Vater ihres Kindes hatte sie sich in Sicherheit wähnen dürfen. – Otto und Augustin hatten Wien verlassen, um in ihrer Nähe sein zu können. Dafür hatte Otto alle Hebel in Bewegung gesetzt. Und dann … – Alle hatten sie die Skrupellosigkeit eines Menschen wie diesen Haag unterschätzt.

»Was ist mit …?« Sie ließ die Frage unvollendet, während sie besorgt zu den Büchern auf dem Schreibpult blickte.

Fast unmerklich schüttelte Otto den Kopf. Fanny spürte einen heftigen Druck seiner Hand, wobei ein kurzes zufriedenes Lächeln über sein Gesicht glitt. Offensichtlich wollte er sie beruhigen. Und gleichzeitig war es ihm wohl immer noch eine Genugtuung zu ahnen, dass sein Gegner gewiss Todesängste entwickeln würde in der Annahme, womöglich an der Cholera zu erkranken.

»Fanny, wir … Wir hätten zusammen in Wien … Es hätte dir doch an nichts gefehlt … Aber du, du hast uns verlassen. Und später: Du liebtest ja Conrad und bist *ihm* gefolgt. Und jetzt … Fanny, jetzt … – Gott steh mir bei!«

Als seine Worte erstarben, litt Fanny innerliche Qualen. Da waren sie wieder, ihre Gewissensbisse. Warum war sie nicht bei Otto geblieben? Nein, sie war Conrad gefolgt. *Conrad.* Conrad war keine Schönheit. Conrad war nicht reich. Und doch hatte sie Conrad geliebt. Das erste Mal hatte sie einen Menschen *wirklich* geliebt. *Das mit Otto hingegen, das war …* Es war … – Erneut durchströmten sie Gedankenfetzen. – Damals war es geschehen. Sie war noch nicht einmal sechzehn Jahre alt gewesen. Damals, als sie mit dem fahrenden Volk in Wien Station gemacht hatte. Es war eben passiert und … Otto hatte sich in der Folgezeit rührend um sie gekümmert. Und später auch um ihren kleinen Sohn. Bis sie … Bis sie sich nach einer Auseinandersetzung mit ihm entschieden hatte, zu ihrer Mutter zurückzukehren. Es war eine heftige Auseinandersetzung gewesen. Und sie hatte einfach nur noch an sich gedacht. Und Augustin? – *Keine Mutter wird je ihr Kind einfach zurücklassen.* – Manch einer wird so denken. *Aber Augustin war bei Otto doch gut aufgehoben gewesen. – Augustin.* – Sie vernahm die Stimme ihres Sohnes:

»Mama, ob der Papa krank is?«

Fanny vermochte nicht zu antworten. Angstvoll blickte sie zu dem Landkommissär auf, der sie süffisant angrinste. Und während er sich an dem Leid seiner Opfer weidete, begann er in einer zynisch-sarkastischen Art ein sonderbares Lied zu singen – wobei er den sterbenden von Hofstaller, alias Otto Grimm, boshaft spöttisch imitierte:

»Oh, du lieber Augustin … Alles ist hin.«

Dreißig

Der Geruch von feuchtem Stein hing in der Luft. Modrig roch es. Feuchtkalt war es, und dumpf klangen die Stimmen de La Tours und die der anderen Fluchthelfer von Johann Georg August Wirth.

Wie bei seiner ersten Erkundung des Brunnenschachts hatte der Franzose zunächst nur ein kleines Talglicht entzündet. Als er sich umsah, war er angenehm überrascht. Hinter der ersten Höhlung war der Abraum, der zu einer überwiegenden Verschüttung der weiterführenden Gänge geführt hatte, weggeschafft worden, so dass man nicht mehr kriechen musste. Hier waren einige Fackeln deponiert. Also hatte der Österreicher Wort gehalten, nachdem er ihn bei der letzten Begegnung auf die Lage dieses Verstecks aufmerksam gemacht hatte. De La Tour zögerte zunächst, die Fackeln zu entzünden. Er fürchtete, dass Verfolger den Feuerschein sehen könnten, wenn sie an den Brunnen gelangten.

Er forderte die Männer auf, weiter in das unterirdische Reich einzudringen. Sie folgten dem geräumigsten der Gänge. Bedächtig schritt de La Tour voran, denn die kleine Flamme seines trüben Lichts flackerte heftig. Sie kündete von einem Luftzug, den die Männer allerdings kaum spürten. Das Umfeld wirkte eher stickig.

Als die Männer glaubten, sich weit genug vom Brunnenschacht entfernt zu haben, entzündeten sie die Fackeln. Erst jetzt konnten sie erfassen, dass die Tunnelröhre durch eine Gesteinsschicht führte. Grob herausgehauen. Von Wurzelwerk durchzogen. Hier und da hatte sich Nässe in kleinen Wasserlachen gesammelt.

Nachdem sie einige weitere Windungen des Felstunnels zurückgelegt hatten, pausierten sie kurz. Wirth klagte über Schmerzen an seiner Schulter. Nach dem strapaziösen Ritt und dem beschwerlichen Brunnen-Abstieg hatte die Schusswunde heftig zu bluten begonnen.

Tiermediziner Buchbinder blickte skeptisch. Er musste improvisieren. Einen sauberen Verband hatte er nicht zur Verfügung. Der Lappen, den er dem Journalisten anlegte, war nur eine Notlösung. Als Wirth versorgt war, drängten die Männer weiter voran. Der Rauch der Fackeln ließ ihre Augen tränen.

Irgendwann erreichten sie eine Kanalisationsrinne. Eine stinkende Kloake, die die Abwässer aus dem Edelhaus in die Blies leitete. Auch das hatte der Österreicher dem Franzosen beschrieben.

Zu ihrer Linken bemerkten sie das leichte Gefälle des Abflussgrabens. Sie folgten ihm in entgegengesetzter Richtung. Dabei waren sie aufmerksamst bemüht, Fehltritte zu vermeiden.

Plötzlich vernahmen sie einen dumpfen Knall. Ein Pistolenschuss? – Nicht nur wegen des unerträglichen Gestanks hielten sie gespannt den Atem an. Dann entschied de La Tour, zunächst alleine die Lage zu erkunden. – Schon bald würde er zurückkehren und die Hilfe der Anderen anfordern.

Fanny war von Haag aus der Trauer um den toten Otto gerissen worden. Sie wirkte stark mitgenommen. Mit dem kleinen Augustin an der Hand stolperte sie vor dem Landkommissär her. Auch der alte zerknirscht wirkende Stüber war noch immer in der Hand des Kriminellen.

Als sie durch das Billardzimmer kamen, ergriff Haag eine Queue. Mit Genugtuung zerbrach er den Billardstock und warf ihn in eine Ecke. Zuvor hatte er den angeschossenen Oberlieutenant mit bohrenden Augen ein letztes Mal fixiert, während er sich die Flinte des Gendarmen aneignete:

»Greulich, ich werde einen Ihrer Leute zu Ihnen schicken, der sich Ihrer annehmen kann. Das mit Ihrem Knie … Sie wissen, dass ich das nicht gewollt habe. Ich werde es in meinen Berichten vermerken, dass es ein Unfall war. Schließlich bin ich von dem Österreicher bedroht worden. Notwehr. Sie werden es bestätigen.«

Ein kurz vorher noch aufgesetztes stolzes Lächeln war einem drohend-strengen Blick gewichen, mit dem Haag seine Aussagen unterstrichen hatte. Er hatte Fakten geschaffen. Schwer zu ertragende Fakten. Es waren dreiste Lügen, die keinen Widerspruch duldeten.

Während sich Haag aus dem Billardzimmer zurückzog, überdachte er kurz die Situation: Da er nun die steckbrieflich Gesuchte in seiner Gewalt hatte, war eine neue Lage entstanden. Er hatte vor, mit den Gefangenen zu verschwinden und es Greulichs Gendarmen zu überlassen, die geflohenen Oppositionellen aufzuspüren. Nach wie vor ging er davon aus, dass sich die Rebellen in der Nähe versteckt halten mussten. Daher ließ er besondere Obacht walten, als er den Spiegelsaal mit der Gemäldegalerie betrat. Er registrierte, dass einige Türen einen Spalt breit offenstanden. Er blieb abrupt stehen. Kurz verharrte er regungslos. Mit Greulichs Waffe bedrohte er das Kind. Dann forderte er die Gefangenen auf, langsam an der Gemäldewand entlangzugehen.

Die Nerven zum Zerreißen gespannt verfolgte Altorf die Szenerie. Natürlich war auch er durch den Aufruhr im Haus aufgeschreckt worden. Von seiner abgelegenen Kammer aus hatte er die Vorkommnisse lange nicht erfassen können. Als er die Brisanz erkannte, war es zum Handeln zu spät. Zu diesem Zeitpunkt hatte sich Fanny bereits in die Hände des Kommissärs begeben.

Jetzt befand sich Altorf in einem Salon, der an den Spiegelsaal grenzte. Vorsichtig hatte er sich der ein wenig offenstehenden Tür genähert. Er mochte sich kaum bewegen, da er sich sorgte, seine Anwesenheit durch den knarzenden Boden oder einen anderen Laut zu verraten. Aufgeregt spähte er durch den Türspalt in einen Spiegel des Nachbarraums und erblickte den Verrückten, dem scheinbar niemand Einhalt gebieten konnte.

Da erschrak er. Auch Haag schaute in den Spiegel. Ihre Blicke trafen sich. Er war entdeckt. Jetzt war alles aus. Er würde Fanny und Augustin nicht mehr helfen können. Seine Sinne schienen zu schwinden. Aber es geschah das Unglaubliche. Es waren Sekundenbruchteile der Überraschung und des Erstaunens, die einhergingen mit Momenten der Unaufmerksamkeit und der Orientierungslosigkeit. Denn der Spiegel, der Altorfs Gesicht abbildete, gab nicht preis, von welcher der Türöffnungen die Gefahr drohte. Noch bevor Haag sich weiter hinter dem Schutz- schild seiner Gefangenen verbergen konnte, sah Altorf, wie sich ein Schatten auf den Kommissär stürzte. Wie aus dem Nichts schien dieser Angriff erfolgt zu sein. Dabei konnte er nur von einem der anderen Eingänge ausgegangen sein.

Altorf sah sich bereits einen Lidschlag später in seiner Annahme bestätigt, als ein Poltern zu vernehmen war. Das Gesicht des niedergerissenen Kommissärs war verschwunden; stattdessen wurde eine weit aufgestoßene Tür sichtbar.

Mehrere Gestalten drangen nun in den Saal. Ein verwirrendes Szenarium, denn das Geschehen wurde durch die verschiedenen Spiegel aus unterschiedlichen Perspektiven wiedergegeben.

Auch Altorf war kurz orientierungslos, bis er selbst ebenfalls die Bühne des Spektakels betrat. In seinem Gehirn raste es. Gedankenfetzen mischten sich mit intuitivem Handeln. Er realisierte, wie de La Tour mit dem Kommissär rang, der noch nicht entwaffnet war. Dann trat des Franzosen Schwiegersohn Ludwig in sein Blickfeld, der den alten Stüber von seinen Fesseln befreite. Und schließlich sah er Fanny. Er schnellte vor und zog Fanny und ihr Kind aus der unmittelbaren Gefahrenzone.

»Das ist Johann Georg August Wirth«, raunte Fanny dem Hamelner Journalisten zu, als eine ihm unbekannte Person den Spiegelsaal betrat.

»Und das ist Conrads Freund Distler«, ergänzte sie mit einem Leuchten in den Augen, als eine weitere Gestalt auf der Bildfläche erschien.

Altorf hatte, während er immerhin eine beträchtliche Zeitlang im Edelhaus festgesessen hatte, weder den Wirth noch den jungen Mann bisher persönlich kennenlernen können. Kurz schaute er zu den Ankömmlingen, dann wandte er den Blick besorgt den beiden Kämpfenden wieder zu. – Im Ringen um Haags Waffe hatte sich das Blatt zu Ungunsten de La Tours gewendet. Mit einer unglaublich schnellen Bewegung hatte der Kommissär Oberhand über den Franzosen gewonnen.

Da forderte Distler von Wirth das Ehrenschwert, das dieser noch immer mit sich führte. Mit einem Streich schlug er den Kommissär nieder. Und mit einem weiteren Hieb stieß er ihm die Klinge in den Leib.

»Folgen Sie mir! Sofort!«, rief der alte Stüber den Anwesenden zu, während er den schwer atmenden de La Tour auf die Beine half und den zitternden Distler vor sich herschob.

»Was ist mit … Was machen wir …« Altorfs Einwurf kam zögerlich. »Lassen wir den Oberlieutenant zurück? Er braucht Hilfe!«

»Keine Zeit.« Stübers Antwort war knapp und entschieden. »Greulichs Leute werden sich um ihn kümmern. Bald schon. Aber wenn wir nicht schnellstens das Weite suchen, werden sie auch uns … Also, kehren Sie um! Zurück in den Stollen! Er ist unser einziger Fluchtweg. Wir müssen zur Blies!« – Ohne eine weitere Reaktion der anderen abzuwarten, stürzte Stüber zu einer der Türen. Unverzüglich übernahm er die Führung, derweil sich Haags Körper noch einige Male kurz aufbäumte und ein letztes Röcheln zu vernehmen war.

Dichter Nebel lag über dem Flussbett der Blies, als Stüber den Kahn, den schon Buchbinder bei seiner Begegnung mit den Flößern in der Nähe einer Fischerhütte entdeckt hatte, unterhalb der Mündung des Erbachs ins Wasser stieß. Er hielt einen Staken in der Hand, mit dem er hin und wieder Einfluss auf die Fahrtrichtung des Bootes nahm.

So wenig vorteilhaft der hell leuchtende Mond am Vorabend gewesen war, so dankbar mussten die Flüchtenden jetzt dem Wettergott sein. Denn auch sie wurden von dem Nebel eingehüllt. Was ihrer Flucht zugutekam, hatte jedoch auch Nachteile: Der milde Sommerabend hatte sich in eine herbstlich anmutende Nacht verwandelt, die sie schon kurze Zeit später erbärmlich frieren ließ. Eng aneinander geschmiegt ließen sie sich alsbald von der Strömung der Blies treiben, wobei äußerste Vorsicht geboten war. Denn das Boot war beinahe überladen. Der Kahn lag reichlich tief im Wasser. Um ein Kentern zu vermeiden, waren die Flüchtenden gezwungen, ruhig zu verharren. Eine Weile war das unproblematisch, dann wurde die verkrampfte Haltung schmerzhaft. Irgendwann spürten sie ihre Körper kaum mehr. Aber sie nahmen die Strapazen ohne Murren in Kauf.

Schon bald verbreiterte sich der Fluss beträchtlich, als der Blies das Wasser des

Schwarzbachs zugeführt wurde. Dann vollzog er etliche Windungen.

War man eine Weile mit dem Nebel und der nächtlichen Dunkelheit verschmolzen gewesen, so fürchtete man sich davor, dass die Dämmerung doch noch eine vorzeitige Entdeckung möglich machen könnte. Immerhin half sie dabei, das letzte nennenswerte Hindernis zu bewältigen. Der Kahn glitt auf eine Brücke zu. Über sie führte die Chaussee von Blieskastel nach Zweibrücken. Die Insassen hielten den Blick stur geradeaus gerichtet. Jetzt war aufmerksames Manövrieren angesagt. Lautlos und geschickt steuerte Stüber den Kahn durch einen der schmalen Durchlässe unterhalb der Brücke.

Man atmete auf, als man diese gefährliche Barriere überwunden hatte. Es grenzte an ein Wunder, dass man auch hier nicht entdeckt wurde. Aber nicht nur Blieskastell schien in einem tiefen Schlummer zu liegen. Die Fliehenden blieben weiter unbehelligt, bis sie auf französischer Seite von einem Grenzposten angerufen wurden, bei dem sie um Asyl nachsuchten. — Keiner konnte zu diesem Zeitpunkt ahnen, dass Oberlieutenant Greulich zwischenzeitlich die Jagd auf die Flüchtenden abgeblasen hatte.

Trotz der guten Wendung saß Fanny wie benommen da. Sie haderte mit sich: *Erst Conrad, dann Otto* – wen würde sie als nächstes ins Unglück stürzen? Sie lehnte sich mit dem Kopf an Altorfs Schultern, während sie ihren Sohn auf dem Schoß hielt. Sie beobachtete, wie sich Altorf um ihren Augustin kümmerte. – *Altorf wird ihm ein guter Vater sein.* Ottos letzte Bemerkungen schossen ihr wieder und wieder durch den Kopf. Ja, Altorf war längst kein Fremder mehr. Sie wollte ihm vertrauen. Er gab ihr Hoffnung.

»Wir werden nach Paris reisen und diesen Braille aufsuchen«, hatte er ihr versprochen, als sie vor einigen Stunden durch die dunklen unterirdischen Gänge das Edelhaus verließen. »Dort wird Augustin die neu erfundene Blindenschrift erlernen, und alles wird gut!« – Altorf hatte schöne Worte der Zuversicht gefunden.

Fanny blickte zu Wirth hinüber. Der wirkte deprimiert. Die Schusswunde an seiner Schulter hatte erneut heftig zu bluten begonnen.

Was in Distler vorging, konnte sie nicht einschätzen. Stüber, Altorf, der Franzose de La Tour und sein Schwiegersohn schienen erleichtert. Und müde. – Und der kleine Augustin war abgelenkt. Er wirkte gar zufrieden. Jetzt summte er eine Melodie, während er spielerisch lauter geknotete Fäden ertastete. Kurze Schnüre, deren Farben in der Morgendämmerung schwach schimmerten. Es waren Bänder in Schwarz, Rot und Gold.

Epilog

Hameln, im September 1832. – »Na, meine liebe Leni, da hat uns unser Freund ... unser Freund, der Tiermediziner ... da hat er uns aber eine gar abenteuerliche Geschichte offeriert, was?«

Professor Brandes tat sich zunächst noch sehr schwer, seine Gedanken in Worte zu fassen.

»Ach, Herr Professor, das war viel zu viel Aufregung für Sie. Sie sollten sich unbedingt mehr schonen! Hat auch der Doktor Sertürner gesagt«, mahnte Leni, die gute Seele des Kasseler Professors, die ihn vor einem halben Jahr nach Hameln begleitet hatte. Die seine zuvor erteilten Anweisungen penibel befolgt hatte, als seine Erkrankung ihn aus der Bahn geworfen hatte. Und die ihn monatelang aufopferungsvoll gepflegt hatte. Jetzt befanden sie sich in einem Krankenzimmer der Hamelner Ratsapotheke, die des Professors Logenbruder Friedrich Wilhelm Sertürner im *Neuen Haus* betrieb; im ehemaligen *Hochzeitshaus*.

»Papperlapapp«, erwiderte Professor Brandes krächzend, »ich bin doch schon fast der Alte. Sertürner hat mich großartig wieder auf die Beine gebracht. Naja, noch ein bisschen wackelig, aber ...«

»Nun übertreiben Sie mal nicht, Professor!«, wurde er von Leni unterbrochen. »Ich hatte die allergrößten Sorgen, als es mit Ihnen immer weiter bergab ging und Sie so gar nicht mehr ansprechbar waren. Am Ende war es sehr eng geworden. Ihr Leben hing lange am seidenen Faden, hat der Herr Apotheker gesagt. Das war sehr knapp!«

Leni hielt kein Blatt vor dem Mund. Gelegentlich musste sie dem Herrn Professor deutlich die Meinung geigen. Sie wusste, dass Professor Brandes ihr die harschen Töne zugestand, die sie meistens sehr wohlwollend zu verpacken vermochte. Selbst wenn er dazu neigte, schließlich doch das letzte Wort für sich zu beanspruchen.

»Meine liebe Leni, wie immer haben Sie *fast* recht. Ein wenig knapp war's schon. Aber viel knapper war's doch bei Siebenpfeiffer und Wirth und all den anderen. Nicht auszudenken, wenn sie geschnappt worden wären und man sie hinter Schloss und Riegel gebracht hätte. Jetzt können sie immerhin von Frankreich aus oder in der Schweiz unseren Idealen nachjagen.«

»Wenn sie sich nicht wieder mit Leuten wie diesem Kommissär Haag anlegen«, gab Leni zu bedenken. »Meine Güte, wie kann sich ein Mensch nur zu so einer Bestie entwickeln, die über Leichen geht.« Leni schüttelte angewidert den Kopf.

»Hm. Der Haag ...« Der Professor zögerte. Er setzte sich aufrecht, dachte nach und gestand schließlich etwas kleinlaut: »Daran bin ich wohl nicht ganz schuldlos, wie mir scheint.«

»Sie, Herr Professor?«

Da erläuterte Brandes: »Ich erinnere mich, dass sich dieser Haag und Siebenpfeiffer während ihrer gemeinsamen Studienzeit in Freiburg ein Zimmer teilten. Anfangs waren sie ein Herz und eine Seele. Sie studierten Heine und setzten sich gleichermaßen mit dem liberalen Gedankengut auseinander. Sie waren befreundet. Haag half Siebenpfeiffer sogar aus, als dieser aus Geldmangel seine Studien abbrechen wollte. Doch dann ...«

Der Professor tat einen tiefen Seufzer, bevor er fortfuhr:

»Dann zerbrach die Freundschaft. Zuerst war es wohl nur, dass sich Siebenpfeiffer die Frau schnappte, die auch Haag begehrte. Aber mehr noch: Siebenpfeiffer erhielt wegen seiner außerordentlichen Leistungen zahlreiche besondere Belobigungen. Er durfte zu weiteren Studien nach Göttingen.«

»Und Sie wurden sein Doktorvater, der ihn intensiv förderte. War es nicht so?«

Professor Brandes nickte. »Derweil bescheinigte man Haag in Freiburg einen Mangel an Talent ...«

»Was er offenbar nie verwunden hat«, führte Leni fort. »Aber gibt das jemandem das Recht …«

»Haag ist daran wohl innerlich zerfressen, hatte sich offensichtlich nicht mehr im Griff«, kommentierte Professor Brandes.

»Wurde er dadurch zum Ränkeschmied? Besessen von Missgunst und Hass?«

»Zumindest suchte er es Siebenpfeiffer und seinen Freunden zurückzuzahlen, als sich ihm die Gelegenheit bot.«

»Wo bleibt da die Moral?«, empörte sich Leni.

»Ach Leni, die Moral? – Haag brauchte es, sich in der Öffentlichkeit profilieren zu können. Er wollte es sich selbst beweisen. Er musste vor sich selbst bestehen können. Es ging ums eigene Überleben. Und wenn es ums Überleben geht, meine liebe Leni, dann stirbt die Moral«, seufzte der Professor. Er trank einen Schluck Wasser und setzte sinnierend hinzu:

»Das mit Haag ist vorbei, jetzt gilt es nach vorne zu schauen. Es geht um unser aller Zukunft, um unser aller Überleben. Und dabei stirbt die Moral hoffentlich nicht. – Vielleicht ist die Zeit noch nicht reif für tiefgreifende gesellschaftliche, wirtschaftliche und politische Veränderungen. Für Einheit und Freiheit. Noch immer scheint mir Schwarz-Rot-Gold eher ein Zeichen für viel Blutvergießen zu sein. Vielleicht sogar ein Symbol für Mord und Totschlag. – Bleibt zu wünschen, dass Siebenpfeiffer und Wirth und all die anderen in ihrem Asyl nicht resignieren.« Den letzten Satz sprach Brandes beinahe wie nebenbei, während er sich wieder niederlegte. Er wirkte erschöpft.

»Mir tun die Kinder leid und die Frauen«, bemerkte Leni. Dabei ging ihr etwas durch den Kopf: »Was wohl aus der Ehefrau und der Nichte von dem alten Stüber geworden ist, als es zu den Geschehnissen im Edelhaus gekommen war?«

»Da mach ich mir keine Sorgen.« Brandes drehte sich ein wenig zur Seite und murmelte in ein Kissen: »Darum werden sich Stübers Logenbrüder kümmern, da bin ich mir sicher.«

»Wie? Meinen Sie, der Stüber gehört auch einer Bauhütte an?« Leni wirkte überrascht.

Noch einmal drehte sich der Angesprochene herum und antwortete: »Hat mir de La Tour bestätigt.« Und nachdem sich der Professor in eine bequemere Lage gebracht hatte, erläuterte er:

»Als Altorf erstmals mit dem Hofbesitzer zusammengetroffen war und ihm das Schreiben aus Paris an den Österreicher zeigte, hat der Stüber in den Unterlagen auch unser Einbecker Freimaurersiegel entdeckt. Erst ab dem Zeitpunkt zeigte sich der Ackersmann bereit, Altorf den Zugang zum Edelhaus zu gewähren. Und nachdem Altorf den Stüber über die ganze Vorgeschichte in Kenntnis gesetzt hat, hat der Alte mehrfach unseren Freunden zu helfen versucht. Zuletzt hat sich Stüber sogar dazu bekannt, dass er einer Neustädter Loge angehört.«

»Apropos Altorf. Warum ist der Journalist eigentlich nicht mit de La Tour und seinem Schwiegersohn nach Hameln zurückgekehrt?«, wechselte Leni das Thema.

»Altorf ist mit der Wirthschen Cousine und ihrem Sohn nach Paris zu einem Blindenlehrer gereist«, erklärte der Professor.

»Was denn? Dahin, wo die Cholera am heftigsten wütet?« Leni war entsetzt.

»Ach, meine Leni, *mich* haben die Schmeißfliegen doch auch nicht untergekriegt.«

Ermüdet schloss der Professor die Augen. Ohne auf seine Bemerkung einzugehen, brummelte Leni:

»Das ist aber sehr mutig.« Lenis Sympathie mit der Wirthschen Cousine hielt sich sehr in Grenzen, und so ergänzte sie nörgelnd: »Oder sehr unvorsichtig. Mit so einem kleinen Kind.«

Da flüsterte der Professor: »*Per aspera ad astra*, sagte schon Seneca.«

Und während Professor Brandes im Begriff war einzuschlafen, übersetzte er sinngemäß, wobei er murmelte: »Erst durch Mühsal, meine liebe Leni – erst durch Mühsal gelangt man zu den Sternen.«

Personenregister

(Hinter den mit einem * versehenen Namen verbergen sich historische Persönlichkeiten.)

Philipp Jakob Siebenpfeiffer*, Jurist und Journalist. Herausgeber u. a. der Zeitung WESTBOTE. Initiator des *Hambacher Fests* und Hauptredner. Mitbegründer des *Deutschen Vaterlandsvereins zur Unterstützung der freien Presse* (Pressverein)

Emilie Siebenpfeiffer*, verheiratet mit Philipp Jakob Siebenpfeiffer. Tochter **Cornelia***

Johann Georg August Wirth*, Jurist und Schriftsteller. Zusammen mit Mitstreiter Siebenpfeiffer Organisator des Hambacher Fests und einer der Hauptredner. Begründer der Zeitschrift DEUTSCHE TRIBÜNE

Regina Wirth*, verheiratet mit Johann Georg August Wirth. Kinder: **Max***, **Franz Ulpian*** und **Rosalie***

Fanny Heisel, geb. Werner. Fiktive vermeintlich lebenslustige Cousine von Regina Wirth. Verheiratet mit **Conrad Heisel**

Distler, Student. Befreundet mit Fannys Ehemann Conrad

Wulf Bernauer, Stallmeister und fiktiver Nachbar der Familie Wirth

Erich Voss, Schmied

Prof. Dr. Jacob Brandes, fiktiver Doktorvater von Siebenpfeiffer. Freimaurer. Patient von **Friedrich Wilhelm Sertürner***, dem Entdecker des Morphiums

George de La Tour aus der Provence. Ehem. Oberst im Heer Napoleons mit einer ganz speziellen Vergangenheit. Reist für Prof. Brandes in den Bayerischen Rheinkreis

Ludwig Buchbinder, Schwiegersohn von George de La Tour. Tiermediziner. Befreundet mit F. W. Sertürner. Wohnhaft in Hameln im damaligen Königreich Hannover

Karl Wilhelm Altorf, verliebter Journalist. Mitarbeiter der HAMELNSCHEN ANZEIGEN. Begleiter von de La Tour und Buchbinder

Carl Gottfried Freiberger, ev. Pfarrer in Homburg. Befreundet mit Siebenpfeiffer und Wirth

Ulf Haag, fiktiver Nachfolger Siebenpfeiffers im Amt des Landkommissärs

Franz Greulich, Gendarmerie-Oberlieutenant

Der alte Stüber, Besitzer des Edelhauses in Schwarzenacker bei Homburg-Zweibrücken. Ackersmann. Freimaurer

Christian Otto von Hofstaller, alias Otto Grimm, Sonderbeauftragter der österreichischen Gesandtschaft bei der *Bundesversammlung in Frankfurt*. Bewohner des Edelhauses

Augustin, erblindeter Sohn von Fanny Heisel und von Christian Otto von Hofstaller

Louis Braille*, französischer Blindenlehrer. Erfinder der 1825 entwickelten Blindenschrift

ferner weitere Nebenrollen

Nachwort

Philipp Jakob Siebenpfeiffer und Johann Georg August Wirth sind – neben den fiktiven Protagonisten – die historischen Persönlichkeiten, die im vorliegenden Roman eine Hauptrolle spielen.

Lange habe ich mit mir gerungen, ob ich neue, erdichtete Helden erschaffen sollte, um – in unterhaltsamer Form – über das Wirken der beiden historischen Figuren zu informieren. Denn an einigen Stellen habe ich aus dramaturgischen Gründen in die Biografie von Siebenpfeiffer und Wirth eingegriffen und sie meiner Fiktion angepasst. Letztlich schien mir dieser Eingriff nicht wesentlich. Daher habe ich – zwecks Würdigung des Siebenpfeifferschen und Wirthschen Wirkens – mich dafür entschieden, ihnen und ihren Familienangehörigen ihre Rolle im Roman zuzuweisen. Gleichwohl scheint es mir redlich, auf die von mir vorgenommenen Veränderungen hinzuweisen:

Der Familie Wirth habe ich die Verwandte Fanny Heisel mit ihrer schicksalhaften Lebensgeschichte angedichtet.

Für Philipp Jakob Siebenpfeiffer wurde im Prolog und im Epilog der an der Cholera erkrankte Doktorvater Professor Brandes erfunden, in dessen Auftrag die fiktiven George de La Tour und sein Schwiegersohn Ludwig Buchbinder mit dem Hamelner Journalisten Karl Wilhelm Altorf in den damaligen Bayerischen Rheinkreis nach Homburg reisen.

Auch durch die erdichteten Fluchtszenen am Romanende wurde der Werdegang von Siebenpfeiffer und Wirth abgewandelt. Stattdessen ist folgendes belegt:

Nachdem Wirth im Juni 1833 nach einem spektakulären Prozess von einem Geschworenengericht in Landau zunächst freigesprochen worden war, wurde er Ende 1833 von dem Zuchtpolizeigericht Frankenthal zu einer zweijährigen Gefängnisstrafe verurteilt, derweil seine Frau Regina mit ihren Kindern ins französische Weißenburg floh. Tatsächlich gab es den Versuch von Anhängern (allerdings erst am 18.04.1834), Wirth bei der Überstellung nach Kaiserslautern zu befreien. Es soll Berichte geben, dass Wirth eine solch »schnöde Flucht« abgelehnt habe. Letztlich saß Wirth seine Strafe ab, wurde aber nach seiner Freilassung erneut verurteilt und war für weitere Jahre in Passau inhaftiert. Erst nach einer tatsächlich gelungenen Flucht kam er Ende 1836 nach Frankreich, wo er seine Familie wiedertraf. Als Asylant in Frankreich und in der Schweiz war er weiterhin als politischer

Journalist tätig. Knapp zwölf Jahre später wurde Wirth in die Frankfurter Nationalversammlung gewählt; er starb schon bald am 26. Juli 1848. Seine Frau Regina überlebte ihn um mehr als zwei Jahrzehnte.

Im Gegensatz zu Wirth floh Siebenpfeiffer bereits am 14.11.1833 und entkam über das Elsass in die Schweiz. Dort erhielt er Asyl und eine Anstellung als Professor für Straf- und Staatsrecht. Seine Frau starb schon im Jahre 1835. Nach einer Geisteserkrankung folgte ihr Siebenpfeiffer zehn Jahre später in den Tod.

Während zahlreiche Details aus Siebenpfeiffers und Wirths Biografie im Roman berücksichtigt wurden, habe ich bei drei weiteren Figuren wesentliche Veränderungen vorgenommen:

Die Rolle des Antagonisten, des Landkommissärs Haag, habe ich minimal angelehnt an die historische Person des Adalberg Dilg, der 1831 bis 1832 als Landkommissär die Nachfolge Siebenpfeiffers angetreten hatte und bei den ersten Verhaftungen Wirths und der Versiegelung der Druckerpressen in Erscheinung getreten war. An seiner Seite befand sich seinerzeit Gendarmerie-Oberleutnant Kreutzer, der im Roman durch den fiktiven Oberleutnant Greulich verkörpert wird.

Erdichtet ist auch die Rolle des evangelischen Pfarrers Freiberger. Sie ist lediglich insofern angelehnt an die historische Person des Carl Gottfried Weber, als dass ich ihr die enge Freundschaft mit Siebenpfeiffer, die Bekanntschaft mit Wirth und die Nähe zur Hambacher Bewegung zugewiesen habe. Zudem steht Pfarrer Freiberger wie sein historisches Pendant Weber in nicht nur konfessioneller Konkurrenz zu dem damaligen katholischen Kollegen Johann Jackel, mit dem Siebenpfeiffer und Wirth nachweislich im Streit lagen.

Zuletzt sei angemerkt: Wer sich auf die Spuren der Handlungs- und Tatorte begeben will, wird etliche Details nicht nur in Homburg, in Neustadt und beim Hambacher Schloss wiederentdecken können, sondern auch in Kreuznach, bei den Bergwerksstollen des damaligen bayerischen Breitenbacher Felds wie auch beim Edelhaus in Schwarzenacker mit seinem Grabungsfeld und den Ausgrabungen aus der Römerzeit. Auf einen Sonderbevollmächtigten der Österreichischen Gesandtschaft wird man dabei jedoch nicht treffen. – Wer sich für die individuellen Lebensgeschichten der Protagonisten George de La Tour und Ludwig Buchbinder interessiert, der sei auf meinen Roman DIE MACHT DES MOHNS verwiesen, der wesentlich in der Zeit Napoleons spielt.

Die Macht des Mohns

erschienen bei *BoD – Books on Demand (2016)*
ISBN-13: 978-3842357976 (print)

in der eBook-Version bei *neobooks (2016)*
EAN: 9783738067736 (epub)

Geschichtlicher Hintergrund

Um 1800 bestand Deutschland noch nicht als Nationalstaat. Kleinere Einzelstaaten, die durch Zollschranken voneinander getrennt waren, betrieben eine jeweils eigenständige Politik. Sie waren Teile des sogenannten *Heiligen Römischen Reiches*, das sich im Mittelalter etabliert hatte und nicht als einheitlicher Staat mit festen Grenzen zu verstehen ist. Preußen und Österreich galten als vorherrschende Großmächte, die um die Vorherrschaft kämpften. Die starken politischen und regionalen Unterschiede führten dazu, dass das Reich kurz vor seinem Zusammenbruch stand. Mit Franz II gab es zwar einen Kaiser, der aber faktisch keine politische Macht ausüben konnte. Denn:

Nachdem in Frankreich 1789 die *Französische Revolution* ausgebrochen war und in der Folge zahlreiche Koalitionskriege gegen europäische Großmächte geführt worden waren, hatte *Napoleon Bonaparte* 1799 durch einen Staatsstreich die Macht übernommen und setzte die Kämpfe in den sogenannten Napoleonischen Kriegen fort. Etliche Staaten in Europa wurden dabei besetzt und durch die freiheitlichen Ideale der Französischen Revolution beeinflusst. Das Heilige Römische Reich ging unter. Stattdessen legte Napoleon durch den Reichsdeputationshauptschluss die vielen Einzelstaaten zusammen und schuf mit dem *Rheinbund* ein Verteidigungsbündnis, das ihm Truppen (auch für seine Expansionskriege) stellen musste.

Nach Beendigung der Napoleonischen Kriege trafen sich 1814 die führenden Staatsmänner Österreichs, Großbritanniens, Frankreichs und Preußens, um auf dem *Wiener Kongress* eine Epoche der *Restauration* der alten Ordnung wiederherzustellen. Den Kongress leitete *Fürst von Metternich*, der danach strebte, die nationalen und liberalen Ideen, die durch Napoleons Einfluss in Europa verbreitet wurden, zu unterdrücken. Die Gründung eines deutschen Nationalstaats wurde durch den Einspruch der europäischen Großmächte verhindert. Stattdessen schufen sie mit dem *Deutschen Bund* (dessen einziges Organ mit der Bundesversammlung als ein ständiger Gesandtenkongress aller Mitgliedstaaten unter österreichischem Vorsitz in Frankfurt tagte) einen losen Staatenbund, in dem jeder Fürst seinen Herrschaftsanspruch für sich bewahren durfte. Eine gemeinsame Verfassung mit Grundrechten für alle gab es nicht.

Dieser Politik der Machthaber stand innergesellschaftlich entgegen, dass Napoleons Vorherrschaft über Europa Spuren hinterlassen hatte. Die Abschaffung des Absolutismus und nationale Ideen wurden von den Menschen aus dem Bürgertum sehr geschätzt. Die Befreiungskriege hatten ein *deutsches Nationalbewusstsein* aufkommen lassen. Beispielsweise gründeten sich nach 1815 sogenannte Burschenschaften, die die Restauration kritisierten und einen deutschen Einheitsstaat mit Grundrechten forderten. Als Gegenmaßnahmen (Verbot schriftlicher Meinungsfreiheit, Überwachung der Universitäten, Schließung der Turnplätze, Zensur der Presse, Berufsverbote für liberal und national gesinnte Professoren) wurden deren Aktivitäten durch die Karlsbader Beschlüsse deutlich eingeschränkt. Bis 1830 bewährte sich dieses restriktive System Metternich als erfolgreiches Instrument gegen nationale und liberale Bewegungen. Doch nach der *Julirevolution 1830 in Frankreich* gewannen die Burschenschaften, ihre Ideen und Initiativen, wieder an Bedeutung.

Charakteristisch für jene Entwicklung wurde das *Hambacher Fest im Mai 1832.* Allerdings: Den Höhepunkt der Bewegung markierte erst die *Revolution 1848*, die in Deutschland zum Sturz der Fürstenherrschaft führte.